ROMAIN SARDOU

Issu d'une longue lignée d'artistes, Romain Sardou, né en 1974, se passionne très jeune pour l'opéra, le théâtre et la littérature. Il abandonne le lycée avec l'intention de devenir auteur dramatique, et suit un cours de théâtre pendant trois ans afin de mieux saisir la mécanique des textes de scène, tout en dévorant classiques et historiens. Il part ensuite deux ans à Los Angeles écrire des scénarios pour enfants. Puis il rentre en France, où il se marie et publie son premier roman, *Pardonnez nos offenses* (2002), dont la suite, *Délivrez-nous du mal*, est parue en 2006 chez XO ; puis suit *L'Éclat de Dieu* (2004), deuxième roman d'aventures et de mystère en plein cœur du Moyen Âge. Exploitant d'autres rivages romanesques, Romain Sardou a également publié trois contes d'inspiration dickensienne, *Une seconde avant Noël* (2005), *Sauver Noël* (2006) et *L'Arche de Noël* (2008), ainsi qu'un thriller contemporain, *Personne n'y échappera* (2006).

Retrouvez l'actualité de Romain Sardou sur www.romainsardou.com

L'ARCHE DE NOËL
ET AUTRES CONTES

DU MÊME AUTEUR
CHEZ POCKET

PARDONNEZ NOS OFFENSES
L'ÉCLAT DE DIEU
DÉLIVREZ-NOUS DU MAL

PERSONNE N'Y ÉCHAPPERA

UNE SECONDE AVANT NOËL
SAUVER NOËL
L'ARCHE DE NOËL ET AUTRES CONTES

ROMAIN SARDOU

L'ARCHE DE NOËL
ET AUTRES CONTES

XO ÉDITIONS

Le papier de cet ouvrage est composé de fibres naturelles, renouvelables, recyclables et fabriquées à partir de bois provenant de forêts plantées et cultivées expressément pour la fabrication de pâte à papier.

ISBN : 978-2-266-19484-6

À Marie-France, Thomas, Lionel et Linda

L’Arche de Noël

Chaque matin, sur les coups de sept heures, un garçon vêtu d'une redingote de casimir, d'un pantalon de velours purée de pois, d'un couvre-chef en tuyau de poêle et d'un cache-nez à rayures, venait s'asseoir, quels que soient la saison ou les jours chômés, aux environs de Colevandish Square, dans le riche West End londonien, et gagnait sa vie de la manière suivante : il avait charge d'entretenir les trois grands abreuvoirs réservés aux chevaux des berlines, des fiacres, des milords, des phaétons, des tilburys, des victorias, et autres coupés qui se rendaient journellement sur cette place huppée avec leur carrossée de gens aisés et importants. Baptisé Amory Bolton par l'assistance publique, orphelin âgé de huit ans, l'enfant s'assurait de la clarté de l'eau, rompait les pellicules de givre en hiver, faisait disparaître le crottin et se devait de crier au sergot sitôt qu'un indigent s'approchait pour tirer quelques lampées de cette eau qui, contrairement à celle de la Tamise, ne sentait ni l'urine ni le rat mort ni la cendre de charbon. En vérité, les chevaux ici valaient au bas mot quatre cents livres pièce, aussi leurs propriétaires, qui, comme chacun sait, avaient du cœur, s'inquiétaient de leur bonne santé.

En échange de ce labeur ingrat d'« échanson à canasson », puisqu'il aimait à s'intituler de la sorte, Amory Bolton était rétribué un *farthing* par jour. À peine de quoi subsister dans le Londres de 1856. Le garçon, vif et entreprenant, dut trouver des façons de compléter son ordinaire : à la nuit tombée, il se munissait d'une lampe et s'approchait des *gentlemen* qui quittaient leurs cabinets, leurs agences ou leurs clubs, afin de les escorter et qu'ils évitent les flaques de boue et de neige propres à maculer leurs chaussures. Le jour, il se faisait commissionnaire pour les gouvernantes et les valets de pied, appelait des cabs confortables pour les mondaines, distribuait les publications de la mi-journée et indiquait leur chemin aux égarés. Tout cela lui valait de temps à autre une petite pièce qu'il acceptait avec un « Dieu vous bénisse » dont la sincérité atteignait jusqu'au plus irréligieux des athées.

C'était qu'Amory Bolton, en dépit de son cruel manque de manières, était doté d'un minois gracieux et d'un sourire expressif. Il avait les cheveux blonds, un nez retroussé qui lui donnait un air espiègle, de grands yeux sombres qui lui donnaient un air réfléchi, enfin un visage fin et admirablement proportionné. Traits qu'il était bien en peine d'attribuer à qui que ce soit, attendu qu'il n'avait pas la première idée de qui étaient son père et sa mère.

Cependant, à la différence de ses frères d'infortune, toujours soupçonneux, portés sur la boisson longtemps avant l'âge et aigris devant la richesse révoltante des bourgeois et des nobles, Amory Bolton voyait passer sous ses yeux, tout le jour durant, des dames avec des crinolines à falbalas et des messieurs avec leurs hauts-de-forme noir mat sans jamais se départir de sa bonne humeur et de son envie de bien faire et d'être aimé. À Mayfair, le

« petit Amory » était connu et apprécié, il s'était même rendu indispensable à la bonne marche de cette portion de Londres ; son absence aurait aussitôt entraîné une avalanche de légers dysfonctionnements qui eût fortement déplu à ces Londoniens graves et sérieux, épris de leurs habitudes, de leur routine quotidienne ancrée comme les lois de la nature, inflexible même par temps de guerre ou de tragédie domestique.

Et justement, depuis aujourd'hui un an qu'Amory Bolton officiait aux abreuvoirs de Colevandish Square, il avait appris à connaître les usages de chacun. Nul besoin de hisser une cloche de vingt tonnes, comme on le faisait ces jours-ci dans la Tour de l'Horloge du palais de Westminster[1], pour que les figures de la *gentry* et de la *nobility* londoniennes soient à l'heure ! À la minute près, Amory Bolton pouvait prévoir l'arrivée d'un lord ou le départ d'un comte, la réunion hebdomadaire d'un comité de notaires ou la cocktail-party d'un club. Tout dans l'existence de ces êtres pétris d'honorabilité était minuté et millimétré. Le moindre manquement à l'horaire ou au calendrier suscitait l'émoi, sinon l'indignation, tant il était intolérable, en cette ère de raison et de progrès technique, que l'on puisse se montrer assez relâché pour ne pas respecter un emploi du temps drastique.

1. Le futur « Big Ben ».

Aussi ce qui survint ce mercredi, et qui constitue le corps du présent conte, aurait dû émouvoir les gazettes et les relayeurs de rumeurs de la ville, mais Amory Bolton en fut le seul témoin privilégié.

Tout se joua à onze heures du matin, très précises.

Un cabriolet s'immobilisa devant le portail du 174 bis Swansea Street, siège du prestigieux et multiséculaire *Pougheepsie Club*.

« Il n'y a point d'assemblée ni de conférence le mercredi matin ! » fut la première réflexion d'Amory.

De ce cabriolet surgit le vénérable baronnet Jessé Pagnell.

« Diable ! Sir Pagnell devrait se trouver en ce moment chez lord Anthony Ayscough pour leur partie de dominos ! »

De mémoire de Britannique, la seule fois où sir Pagnell et lord Ayscough avaient daigné annuler leur rencontre de jeu fut un mercredi de juin 1837, jour de la mort du roi Guillaume IV. Depuis lors, rien ne les avait jamais dérangés. Ces deux compagnons jouaient aux dominos depuis leurs dix-huit ans ; ils en avaient aujourd'hui soixante-cinq.

Sir Pagnell entra précipitamment au *Pougheepsie Club*. Quelques instants plus tard, Amory Bolton put apercevoir au travers des vitraux héraldiques les immenses chandeliers descendre et remonter, illuminés avec hâte.

Mais l'enfant était encore loin du bout de ses surprises : avant qu'une heure ne s'écoule, l'intégralité des trois cents membres du club avait pénétré dans le bâtiment !

Amory fut rendu au point de se demander s'il ne se méprenait pas sur la date et si l'on était bien le mercredi 30 septembre 1856 à Londres ?

Il interrogea autour de lui sur les motifs de cette session extraordinaire du *Pougheepsie Club*, mais personne n'en savait rien et, en réalité, nul ne s'en souciait. Le club n'avait pas fait parler de lui depuis de nombreuses années ; il avait inexorablement cédé de son prestige au profit d'autres clubs comme le *Pall Mall* ou le *Rochester*, ou même la *Warwick Society* née seulement trois années plus tôt et située à quelques pas de là. Les débats du *Pougheepsie* n'avaient plus les faveurs de la presse ni ne risquaient d'inquiéter le gouvernement, aussi la société londonienne s'en désintéressa-t-elle.

Pour sa part, Amory Bolton connaissait le *Pougheepsie Club* comme le fond de sa poche, mais pour des raisons qui ne regardaient que lui : il y résidait.

Enfin, précisons qu'il nichait simplement dans les combles du 174 bis Swansea Street, au-dessus de la coupole qui surplombait le vaste amphithéâtre où l'on accueillait les séances plénières. Là, Amory s'était aménagé un campement des plus décent, non loin d'une ouverture par laquelle s'évacuait la chaleur consolante des foyers et des chandeliers. Richard Boon-Valker, le gardien, n'ignorait pas la présence de cet intrus mais gardait le silence, car il l'appréciait et ne le trouvait nullement encombrant.

Amory Bolton, du haut de ses huit ans, s'était mis à ressembler aux hommes et aux femmes qui le côtoyaient : à son tour il avait opté pour un calendrier et des horaires rigoureux et trouvait de la dernière indécence de bouleverser ainsi des habitudes auxquelles le monde s'était fait.

« L'ordre naturel des choses eût voulu que cette session extraordinaire fût annoncée deux ou trois jours à l'avance et justifiée par des arguments circonstanciés ! » Bien entendu, l'auteur de ce conte résume ici la pensée de son jeune héros ; si ce dernier avait dû s'exprimer par lui-même, il aurait plus volontiers usé d'un vocabulaire voisin de celui-ci :

« Faudrait voir à prév'nir, pas ? Qué qu'y combinent, ces vieux drôles ? »

Au demeurant le langage importe peu, Amory Bolton en vint au constat qu'il devait aller découvrir ce qui se tramait.

Ni une ni deux, il s'éclipsa de son abreuvoir et emprunta le chemin de traverse qui lui permettait chaque soir de rejoindre le toit du siège du *Poughkeepsie Club* : une ruelle qui servait aux communs, quelques poubelles empilées, un long conduit de gouttière, une fenêtre en chien-assis au loquet défectueux et Amory se retrouva chez lui.

Ces combles auraient pu accueillir une bonne centaine d'Amory Bolton sans que la promiscuité soulevât la moindre gêne. Et si l'on avait appliqué ici le taux d'occupation ordinaire des taudis méphitiques où s'entassaient les déshérités de Londres, on aurait pu rencontrer un bon millier de bambins.

Mais Amory était seul. Il avait découvert ce refuge proche de la place où il travaillait et s'était bien gardé de s'en ouvrir à qui que ce soit. S'ils avaient été plusieurs, sans doute le gardien Boon-Valker se serait-il montré moins indulgent.

Vite il posa son couvre-chef et s'approcha d'une brèche de deux empans ouverte dans le dôme de l'amphithéâtre du club. De là il bénéficiait d'une vue plongeante sur les rangs de sièges garnis de velours bleu, sur la haute estrade où se tenaient les fauteuils du président du club et de ses deux substituts et sur l'immense tableau noir où des scribes munis de craies, parfois juchés sur des escabeaux, notaient minutieusement les formules et les démonstrations que tel ou tel membre jugeait bon de devoir partager avec ses compagnons.

Car c'était bien de science et de mathématiques qu'il s'agissait au 174 bis Swansea Street. Le *Pou-*

gheepsie Club, fondé au début du XVIIe siècle, s'était toujours adapté aux grandes affaires des siècles qu'il avait franchis : d'abord simple club de poètes, puis club de politiciens, puis club de financiers, il en était aujourd'hui à sa quatrième incarnation ; en plein cœur du XIXe siècle rationnel, il avait spontanément mué en club de scientifiques et d'ingénieurs.

Avec toutefois pour credo un principe singulier : les membres du *Pougheepsie Club* se *méfiaient* de la science. À l'encontre de la puissante idée du moment qui voulait que la raison, unie à la pensée scientifique, constituait *de facto* la plus grande force émancipatrice jamais offerte au genre humain, qu'elle abattrait les plus têtues des superstitions, ici, au club, on professait que les moyens modernes allaient plutôt fournir des procédés techniques qui contribueraient à rendre plausibles de lointaines croyances. Ils en tenaient pour preuve cette affaire de fées repérées non loin d'un étang dans le Devonshire[1]. Plusieurs daguerréotypes édifiants avaient été tirés et reproduits à des centaines d'exemplaires à travers le royaume pour confirmer les témoignages, exhibant aux yeux de la population quelques êtres magiques flottant au-dessus de l'onde. La supercherie ne fut révélée qu'au bout d'un an, tout cela n'avait été qu'un montage digne d'un numéro de foire. Mais la farce avait été éloquente : les membres du *Pougheepsie Club* constataient amèrement qu'une nouvelle technique prometteuse (l'impression chimique d'une image sur une plaque sensible), innovation censée reproduire la réalité avec une fidélité qu'aucun peintre ne saurait jamais atteindre, avait été détournée de son objet, dévoyée pour contribuer à la prolifération de la superstition

1. Le 12 décembre 1847.

et du merveilleux. Avec cela, la même année, un Écossais inventeur d'une machine sous-marine s'en était servi pour accréditer l'existence du monstre Nessie sous la surface du Loch Ness[1] !

« Tel est le piège tendu par la science, exprimait un communiqué du club diffusé dans les plus importantes publications du temps, elle s'échappera des mains des gens sages et sérieux pour devenir le jouet inquiétant des fous et des rêveurs ! »

L'embarras pour le club était que sa déclaration de principe ne satisfaisait personne : ni les scientifiques ni les tenants du surnaturel. Les uns et les autres étaient renvoyés dos à dos, ce qui ne pouvait moins leur plaire. Le *Pougheepsie Club* fut dès lors décrit comme un repaire d'originaux séniles et même lorsqu'il parvint à faire la démonstration du bien-fondé de ses craintes, on négligea ses avertissements.

Telle était la raison d'être de la marée de personnages en redingotes sombres qui s'installaient en ce moment dans l'amphithéâtre sous les yeux du jeune Amory Bolton.

Le garçon riait de les observer : il avait devant lui trois cents gentlemen qui, si le calendrier avait été respecté, devaient *tous* ce mercredi matin se trouver ailleurs qu'au club. Le bouleversement et la précipitation se lisaient sur leurs visages ; certains d'entre eux, ultime sacrilège, n'avaient pas même trouvé le temps de se vêtir correctement !

« Que peut-il bien se passer ? » s'interrogeait-il, impatient de l'apprendre.

PLOC ! PLOC !! PLOC !!!

Le président Jessé Pagnell percuta à trois reprises la table de son marteau avant de s'écrier :

---

1. Il s'agirait d'un certain Angus MacHalaghan né en 1799 à Lochgilphead et mort en 1882 à Inverness, inventeur de génie dont toutes les réalisations se sont perdues.

— Dépêchons, s'il vous plaît, dépêchons !

Cette intervention brutale et peu ordinaire secoua l'assistance : tous s'installèrent rapidement.

Sir Pagnell reprit la parole :

— Je vous sais gré d'avoir répondu présents pour la session extraordinaire de ce jour, en dépit du temps très bref qui m'a été imparti pour vous avertir et faire préparer l'amphithéâtre. Je n'ai appris la raison majeure de cette réunion que tôt ce matin. Vous le comprendrez sous peu, une séance d'urgence s'imposait. Je donne sans tarder la parole à lord Gabriel Oak qui est à l'origine de tout cela.

Un gentleman se leva ; quarante ans ; figure noble et sérieuse ; il portait un pantalon moulant au coloris clair, un jabot aux tuyaux bien rebondis, et un col d'habit et une cravate à la George IV.

Il gravit l'estrade présidentielle où un pupitre était réservé aux orateurs. En bon Britannique, s'il nourrissait un tant soit peu d'impatience ou de nervosité, il n'en laissait rien paraître.

— C'est un jour bien singulier pour le *Pougheepsie Club*, dit-il en guise de préambule. J'ai relu avec soin la charte et le règlement qui nous unissent, intacts depuis trois siècles, et j'ai été bien en peine de trouver quelque article qui autorise ce qui va se produire ce matin.

Murmures. Amory Bolton sourit. On ne murmurait jamais dans l'amphithéâtre lorsque quelqu'un avait la parole !

— D'abord il n'existe pas de précédent à une telle réunion d'urgence, poursuivit Gabriel Oak, ensuite, le règlement va une fois encore être mis à mal avec l'introduction en nos murs d'un personnage qui ne fait pas partie des membres de notre respectable assemblée.

Là, quelques bonnes âmes manquèrent s'étrangler.

Un étranger ?

Jamais, au grand jamais, un individu non inscrit n'avait pu pénétrer le 174 bis Swansea Street, et encore moins franchir le portique de l'amphithéâtre pour venir s'adresser aux sociétaires du club.

Ce n'était pas une entorse, mais un blasphème ; ce n'était pas une faute, mais un crime !

Le président Jessé Pagnell dut de nouveau user de son marteau, cette fois pour rétablir l'ordre.

— Ne soyez pas comme des enfants ! s'exclama-t-il.

Il se pencha vers Gabriel Oak.

— Veuillez poursuivre, cher collègue.

— Je vous remercie, Monsieur le Président.

Gabriel Oak posa ses mains des deux côtés du pupitre et son maintien grave et solennel déteignit bientôt sur ses compagnons que la curiosité avait assagis.

— Dans quelques instants, reprit-il, un parent de mon épouse va entrer ici pour vous expliquer un cas. Je sais qu'il est d'usage chez nous que cela soit l'un des membres du club qui fasse les démonstrations, mais le sujet étant sensible, je n'ai pas souhaité qu'il se reproduise aujourd'hui ce qui advint en 1687, lorsque l'un des nôtres tâcha de rendre intelligibles les *Principes de la philosophie naturelle* de l'éminent docteur Newton.

En effet, Isaac Newton ne faisant pas partie des membres du *Pougheepsie Club*, ce fut un certain comte de Bradington qui se chargea de résumer les découvertes scientifiques du grand homme. La tâche dépassait de loin ses capacités, aussi fut-il contraint, au bout de six années de baragouinage infructueux, de transmettre cette corvée à l'un de ses confrères qui se révéla tout aussi incompétent ; de telle sorte que, plus d'un siècle plus tard, après neuf intervenants du club, on dut renoncer définitivement à comprendre en quoi Newton avait brillé.

Lord Gabriel Oak leva une main :

— Je me dois de vous avertir sur un point. L'homme qui va venir, et qui se trouve être mon oncle par alliance, est un personnage considéré comme « fantasque » par l'ensemble de notre famille ; il ne vit pas à Londres mais dans une cabane à la pointe extrême de la péninsule de Cornouailles, a renoncé à tous ses titres et à son intéressement sur la fortune de ses proches. Jusqu'à hier, nous n'entretenions plus aucune relation avec cet hurluberlu depuis quinze ans, mais voilà qu'il est apparu nanti d'une découverte tout à fait étonnante et dont nous n'aurions pas admis le premier mot s'il n'avait apporté avec lui une preuve matérielle. Sa découverte a tout à voir avec les réflexions qui sont débattues ici. Je vous prie donc de l'entendre jusqu'au bout et de ne point tenir compte de… son langage sans façon et de son absence de tenue.

L'attention d'Amory Bolton était à son plus haut. Vraiment ? Quel personnage ? Quelle découverte ? Quelle preuve matérielle ?

L'enfant glissa la tête dans l'ouverture du dôme au mépris du danger afin de ne rien perdre de l'entrée de cet oncle lointain de lord Gabriel Oak.

C'est alors qu'un petit vieux apparut du côté jardin de l'estrade présidentielle. Amory Bolton manqua s'esclaffer : l'individu portait une longue robe de chambre bleue serrée par une ceinture de chanvre et ses épaules étaient couvertes d'un chandail gris à grosses mailles ! On eût dit qu'il venait d'être tiré de son lit pour être présenté à un bal royal. Ce n'était rien encore. Une longue moustache encadrait ses lèvres de deux fines tresses comme un Viking, il arborait un œil vairon et des sourcils aussi touffus et incultes que ses cheveux. Le vieil homme avait l'apparence d'un fou échappé de l'hospice de Saint-Gregory.

Le contraste était si prononcé entre lui et les personnes et les lieux qui l'environnaient, que les membres du *Pougheepsie Club* en restèrent cois de stupéfaction. L'homme avança lentement jusqu'au pupitre que lui cédait Gabriel Oak, sans un mot ; ses savates traînaient au sol, il ne semblait nullement se préoccuper de l'effet désastreux qu'il provoquait dans l'amphithéâtre. Il regardait plutôt les boiseries et les dorures avec une joie juvénile. Il observa le dôme et Amory Bolton eut soudain la conviction qu'il l'avait repéré et lui avait réservé un clin d'œil !

Il s'installa face aux trois cents hommes qui, un par un, affichaient une mine aux traits si inouïs et variés, si pittoresques même, qu'ils exigeraient de votre serviteur un paragraphe de descriptions pour chacun d'eux, ce que le narrateur ne souhaite aucunement infliger à son lecteur pressé.

L'homme se racla la gorge à deux reprises, en acteur de métier qui jauge sa salle et l'épaisseur du mur de silence qu'il a à rompre.

— Mon nom est Eliot Doe !

Las, il eût aussi bien pu dire Smith Smith ou John John, cela n'eût pas provoqué moins de réactions de la part de l'assistance.

Seulement, au-dessus de tous ces crânes dégarnis, derrière la coupole, ce seul nom d'Eliot Doe fit affluer au cœur d'Amory Bolton tout son sang.

Il le connaissait ! En vérité, il n'était pas un gamin de Londres ou même de l'Empire britannique dans toute sa vastitude qui ne sache ce nom et ne se le répétât dans le réduit de son âme avec un sentiment de reconnaissance. Eliot Doe était un conteur. Ses histoires extraordinaires, fort connues des gouvernantes et des mères qui divertissaient leurs petits avec des aventures d'êtres surnaturels et doués de magie, se transmettaient sous la forme de minces livres illustrés dont Eliot Doe disait ne pas être l'auteur mais le modeste récipiendaire, n'ayant fait, selon ses dires – ou ceux de son éditeur – que « tendre l'oreille et recopier les souvenirs des personnages merveilleux venus le visiter dans sa cabane pour fixer par l'écriture leurs destinées exemplaires ».

Tout orphelin qu'il était, Amory Bolton avait entendu ses plus célèbres contes de la bouche de ses aînés, avec des faiblesses pour *La Grotte au dragon fainéant*, *La Boisson qui donne soif*, *Un fantôme dans de beaux draps !*, ou *Un héros de conte malgré lui*. À l'orphelinat de Duane Street où il avait passé six années, les garçons les plus âgés les récitaient aux nouveaux et lui, aujourd'hui, à son tour, ne boudait pas son plaisir lorsqu'il retournait voir les malheureux pour leur raconter, de mémoire, les pages les plus réjouissantes d'Eliot Doe.

Ainsi donc le grand homme était là, sous ses yeux, dans ce lieu voué à la sévérité et à l'intelligence et où, manifestement, pas un seul des membres présents ce matin n'avait entendu parler de lui.

— Je suis un auteur qui écrit des contes pour enfants, dit-il, et je suis venu aujourd'hui vous entretenir de Noël !

Là, ce fut rien de moins qu'un tollé. Les limites du flegme anglais étaient franchies. Comment cela ? Ce serait en somme pour entendre un farfelu qu'on avait sonné le tocsin du *Pougheepsie Club* ? Cela ne pouvait-il attendre ? A-t-on jamais vu ! Chacun d'entre nous n'a-t-il pas mieux à faire ce mercredi matin ? Et fallait-il piétiner de la sorte les bonnes institutions du club pour donner la parole à… ce dément en robe de chambre ?

Et puis Noël ?

Sur ce point, la coupe était pleine ; on allait encore les abreuver de considérations nébuleuses sur cet absurde épiphénomène qui serait, comme toutes les impostures de cette espèce, démasqué et réduit à néant sous peu, grâce aux efforts conjugués du *Pougheepsie Club* et des Britanniques de bonne volonté.

Mais alors que le président Jessé Pagnell s'acharnait avec son marteau pour rétablir le calme, Amory Bolton souriait d'une oreille à l'autre. Il était convaincu que s'il existait une personne de langue anglaise capable d'apporter quelques lumières sur cet étrange et nouveau mystère de Noël, il faudrait que cela soit le bon et vénérable Eliot Doe.

En effet depuis quatre ans, depuis la nuit du 24 décembre 1852 pour être précis, le monde de l'enfance était sens dessus dessous.

Prenant la relève de la Dame Blanche des siècles du passé et du saint Nicolas de certaines traditions, un nouveau personnage était apparu cette nuit-là dans l'imaginaire collectif : le Père Noël.

Il s'était fait connaître au 1er décembre 1852 en adressant à tous les enfants du monde un petit carton où il leur était demandé de *coucher par écrit leurs bonnes et leurs mauvaises actions de l'année passée et de désigner un jouet pour récompense*. Six jours plus tard, à la Saint-Nicolas, toutes les réponses des enfants furent emportées par magie ! La distribution prévue pour la nuit du 24 au 25 décembre se déroula à la grande satisfaction des petits et à l'effarement des grands.

Le mystère était entier et toute l'Angleterre savante s'arrachait les cheveux à vouloir fournir des explications rationnelles.

Au *Pougheepsie Club*, on n'avait pas tardé à arrêter une position claire et tranchée : tout cela n'était qu'une manipulation à visée commerciale orchestrée par une grande fabrique de jouets (certainement américaine) qui envahissait les pays d'Europe déloyalement, car à visage couvert, avec pour objectif la faillite des fabriques nationales !

Mais comment expliquer la distribution massive en pleine nuit ? Sans que personne s'en aperçoive ? Et le nombre faramineux de jouets qui contredisait les règles de production moderne ?

« Cela sera levé lorsque les coupables auront été identifiés. »

La rumeur rapportait que le Père Noël était un personnage doué de pouvoirs magiques, qu'il pouvait se déplacer dans les airs porté par des rennes volants, qu'il logeait dans le Grand Nord et qu'une peuplade de lutins travaillait pour son compte à confectionner les millions de jouets espérés.

« Balivernes ! objectaient les gens pris sous la cloche de la raison. Il n'y a que les peuples d'autrefois, brutaux et émotifs, superstitieux et sans jugement, pour croire à la magie. De nos jours, nous avons conquis le bon sens et l'esprit scientifique nécessaires pour ne plus nous laisser tromper comme des enfants. Ceux qui se dissimulent derrière cette imposture de Noël emploient des procédés d'illusions que nous saurons très bientôt confondre. »

Mais les enfants ne l'entendaient pas de cette oreille. Amory Bolton, comme les autres, avait foi en ce nouveau personnage plein de bonhomie qui prenait à cœur la destinée des plus faibles. Ils avaient surtout compris que le Père Noël avait le don de reconnaître les bambins vertueux des mauvais, les enfants exemplaires des malhonnêtes : ceux qui recevaient leurs cadeaux avaient eu un comportement irréprochable au cours de l'année passée. Dès lors les petits, qu'ils soient des orphelins battus ou des fils de lord dignes d'envie, savaient que quelqu'un d'invisible et de puissant veillait sur eux et les observait. Depuis l'apparition du Père Noël, la police de Londres ne cessait de voir fondre ses statistiques sur la délinquance des mineurs. Rien que cela, en ces temps d'absolue férocité, pouvait suffire à faire monter aux lèvres ce mot intimidant de miracle.

Sous les yeux ébahis d'Eliot Doe, la foule des membres du *Pougheepsie* s'ameutait, criant à propos de Noël « Su-per-che-rie !! », se comportant en écoliers indisciplinés et cela bien qu'ils fussent, comme écrit sur leurs cartes de visite, *Bart.*, *Esq.*, *D.D.*, *Q.C.*, *K.C.B.*, *M.P.*, *K.G.*, et *R.A.* [1].

Le président Pagnell vociférait depuis son trône, dans un état croissant d'horripilation.

Au-dessus du brouhaha, Eliot Doe réussit néanmoins à faire entendre ces quelques mots :

— Si vous arriviez à révéler que le miracle de Noël n'est qu'une tromperie, certes vous en tireriez un certain prestige, mais insuffisant pour entrer dans l'histoire de notre pays. En revanche, s'il vous était donné de démontrer que Noël est bel et bien un acte

1. Des Barons, des Écuyers, des Docteurs en Divinité, des Conseillers de la Reine, des Membres du Parlement, des Commandeurs de l'ordre du Bain, des Chevaliers de l'ordre de la Jarretière, des membres de l'Académie Royale.

de magie, un acte comme il ne s'en produit plus sur cette terre depuis de nombreuses générations, alors le nom du *Pougheepsie Club* resterait gravé dans la mémoire reconnaissante des hommes, pour les siècles des siècles ! Y avez-vous seulement songé ?

En deux phrases et une question, Eliot Doe avait visé et touché juste.

Les membres du *Pougheepsie Club* toléraient mal leur déclassement dans la république des clubs londoniens et leur orgueil souffrait de la suprématie de leurs voisins du *Pall Mall* ou du *Rochester*. La proposition de Doe d'entrer dans l'histoire, même par une porte dérobée, retint l'attention de chacun.

— Vous avez tous raison, reprit-il en diplomate habile, une quantité de choses nous différencient aujourd'hui des mondes d'autrefois, « brutaux et émotifs, superstitieux et sans jugement » comme vous aimez à les dépeindre. La première d'entre elles s'explique aisément : les humains semblaient alors vivre en harmonie avec des êtres et des phénomènes magiques qui leur paraissaient aussi réels et ordinaires que la faune et la flore. Trolls, fées, magiciens, sylphes, ondines, griffons, dragons, feux follets, esprits naturels existaient au côté des hommes et partageaient leur destinée. De cela, il ne reste plus aucune trace aujourd'hui, nul besoin d'en débattre. Sauf Noël ! Soudain, dans le siècle de la science et de l'industrie, à l'ère du charbon et du piston, de la Bourse et de la raison dialectique, un personnage tel que le Père Noël apparaît. Pourquoi ce retour spectaculaire de la magie, absente depuis si longtemps ? Imaginez que vous fournissiez la réponse à cette question ! Imaginez la gloire qui retomberait sur ces murs augustes et sur leurs occupants !

Les plus vaniteux du club commencèrent à se rasseoir afin de mieux peser les arguments de l'olibrius.

On murmurait : « Le président Pagnell et lord Gabriel Oak ne se sont-ils pas avancés au point de dire que les propos de Doe étaient vrais et vérifiés ? Qu'il détenait la preuve tangible de ses allégations ? »

Pour le grand bonheur d'Amory Bolton, qui avait un instant craint l'annulation de la séance, Eliot Doe put s'expliquer dans un calme relatif.

— Je suis un conteur, aussi est-ce sous la forme d'une histoire que je souhaite me faire comprendre.

Une histoire ?

Amory tira à lui la couverture de poils qui lui servait de lit, plia un manteau en quatre pour en faire un coussin et s'établit de son mieux afin de ne rien manquer.

Eliot Doe allait expliquer Noël !

Dans l'auditoire, même ceux qui avaient fait mine de quitter l'assemblée pour marquer leur dépit et leur désapprobation avaient regagné leurs fauteuils.

Doe poursuivit :

— Ce que j'ai à vous dire concerne toutes les parties du monde, mais puisque nous sommes entre bons Anglais, je vais me concentrer sur les épisodes qui ont eu notre vénérable île pour théâtre.

Un mouvement de sympathie dans les rangs distingua cette noble attention.

— Il y a un peu moins de mille ans, commença Eliot, il était une fois…

Il s'arrêta, souleva un sourcil et fit cette observation :

— Permettez-moi d'insister sur cette formule. Je n'ignore pas qu'elle est de nos jours employée à tort et à travers par tous ceux qui se piquent de conter, mais, en l'espèce, croyez bien que ce que je vais vous exposer n'est arrivé qu'une fois dans l'histoire des hommes et n'a nulle vocation à se reproduire jamais !

Satisfait de sa remarque, il reprit :

— Il y a un peu moins de mille ans, en l'an de grâce 858, il était une fois, dans le royaume de Wessex, un roi nommé Ethelwulf qui gouvernait conjointement avec son fils Ethelbald. Ce roi avait un ami, le duc Sigeberth, qui possédait le plus vaste domaine du Wessex, à la frontière du royaume de la Mercie[1]. Ce duc avait un frère cadet appelé Wiglaf qui gouvernait une parcelle de ce domaine. Ce Wiglaf avait un ami d'enfance qui s'appelait Oswlu, héritier d'un beau château fort et de terres giboyeuses. Un garde-chasse baptisé Bernard travaillait sur ces terres. Ce Bernard, veuf, avait neuf filles et un fils de douze ans nommé Silas, et c'est de lui que je veux vous entretenir pour commencer ! Le jeune Silas était…

Bien qu'il ne lui ressemblât aucunement (dans la description d'Eliot Doe, Silas était grand, il avait de longs cheveux foncés, un teint pâle, des lèvres à peine dessinées et des yeux très clairs) et qu'il comptât quatre années de moins, le jeune Amory Bolton s'identifia tout de suite à ce personnage. Il suffisait pour asseoir la gloire de Silas qu'il fût cité de la sorte, dix siècles après avoir vécu ! Amory fit le rapide calcul que, pour l'égaler, il devrait trouver à se rendre fameux pour qu'on évoque son nom… en l'an 2854 !

1. Le Wessex et la Mercie faisaient partie des sept royaumes fondés par les Saxons dans l'île de Bretagne avec l'Essex, le Kent, l'Est-Anglie, la Northumbrie et le Sussex. Ces petits royaumes (désignés comme l'Heptarchie) seront unis vers l'an 910 par Édouard l'Ancien et composeront le premier royaume d'Angleterre.

— Bernard, le père de Silas, poursuivit Eliot Doe, entretenait les pistes de forêt de son maître Oswlu, chasseur émérite. Il avait en charge les grandes voies qui servaient aux cavaliers mais aussi les sentes discrètes dont usaient les rabatteurs employés par le seigneur pour satisfaire son orgueil chatouilleux. À douze ans, Silas savait qu'il hériterait un jour de la charge de son père, aussi connaissait-il les forêts du Nord du Wessex mieux qu'aucun enfant de son âge.

Seulement, au matin où débute notre récit, en ce 17 avril 858, cela faisait de longs mois d'hiver que Silas n'avait plus eu l'autorisation paternelle d'aller s'ébattre sous les grands arbres. L'hiver était la saison des craintes, on prétendait que nombre des animaux hibernaient et que de mauvais esprits en profitaient pour peupler leurs bois. Silas devrait attendre le premier jour manifeste du retour du printemps avant de retourner sur ses chemins favoris. Tout l'hiver durant, il était affecté dans le sombre château fort, au service de la mère du seigneur, la vieille Ellendune, tombée sous le joug despotique d'un gros prêtre italien. Le pauvre Silas, dès trois heures du matin, devait se tenir debout dans la chambre luxueuse d'Ellendune, portant ouverte entre ses bras une bible lourdement enluminée et reliée, puis lutter contre le sommeil pendant que sa maîtresse lisait d'une voix monocorde les passages choisis par le prêtre italien. Le religieux, quant à lui, se tenait non loin dans un fauteuil confortable. Silas maudissait ce sinistre personnage. Ce matin, alors qu'il faisait toujours nuit noire, Ellendune, pour la énième fois, se repaissait de la tragédie de Job. Le prêtre, lui, ronflait.

Immobile, Silas alla trouver un peu de réconfort en regardant vers le reposoir en bois où se tenait le hibou à front blanc du prêtre italien que ce dernier menait partout avec lui comme symbole de son haut degré philosophique. Le hibou, nommé Timon d'Athènes, arqua ses sourcils et murmura pour le jeune garçon : « Patience, patience, le jour ne va plus tarder… »

Silas jeta ensuite un œil vers les deux lévriers persans étendus près du poêle, qui hochèrent tous deux la tête dans un mouvement de sympathie.

« Quel supplice, mon ami », dit l'un.

« Pauvre enfant », déplora l'autre.

Un ange sculpté dans le bois du lit à baldaquin, afin de distraire un peu le malheureux Silas, tira ostensiblement la langue en direction de la vieille Ellendune.

Le jeune garçon sourit, soupira, puis observa à travers la croisée, espérant le lever du soleil.

Ellendune finit sa lecture de *Job*, elle toussota, éveilla le prêtre qui, dans son demi-sommeil, se contenta d'ordonner, avant de refermer les yeux :

« Deuxième épître aux Thessaloniciens de saint Paul. »

Hmm… Silas bataillait dur contre l'envie de refermer le lourd volume, de le faire voler à travers la croisée, et d'envoyer dinguer le prêtre et la vieille femme.

Heureusement que le jour commençait à poindre, et qu'avec lui s'annonçait une grande nouvelle !

Les premières feuillées aux branches des arbres.

Ça y était : le printemps était là !

Silas pourrait aller rejoindre ses chères forêts.

Il priait le Seigneur d'abréger au plus vite son supplice matinal.

Le Seigneur l'entendit et s'exprima par la voix de l'estomac du prêtre italien, puisqu'un long et sonore gargouillement d'entrailles résonna dans la pièce.

« Après avoir bien dormi, voilà qu'il a faim ! » se dit un Silas soulagé.

C'était vrai.

« Cela suffit ! s'exclama le prêtre en étirant ses bras. Vous avez bien mérité de Dieu, ma fille. Allons à présent solliciter Sa bénédiction devant un bon repas ! »

Le hibou, les deux chiens et l'angelot de bois furent enchantés pour le jeune garçon qui put refermer le livre et délier ses membres engourdis.

Il attendit, tête baissée, la sortie solennelle de sa maîtresse et du prêtre, puis, dès que la porte fut fermée dans leurs dos, partit comme une trombe par l'huis des domestiques.

Dire qu'il courait, sa bible sous les bras, c'était ne rien dire : il fusait.

Il bondit à l'intérieur de la bibliothèque d'Oswlu, déposa l'ouvrage sur un lutrin de bois précieux (objet envers lequel il ne pouvait réprimer un sentiment profond de solidarité) et repartit aussi sec.

Sourd à tout, le garçon se rua vers la sortie du château fort et franchit si vite le pont-levis qu'il lui sembla que ses pas ne touchaient plus terre. Les hautes tours crénelées et les murailles de pierre grise disparaissaient dans son dos.

Le petit matin était encore enseveli sous un duvet de brume froide, mais le ciel promettait d'être clair. L'air charriait des nouveaux parfums, parfums de végétation absents depuis octobre et qui semblaient, la veille encore, perdus à jamais. Tout verdissait brutalement.

Le jeune garçon courut à toutes jambes dans les bois.

À ce moment précis, au sein de l'amphithéâtre du *Pougheepsie Club*, le conteur Eliot Doe marqua une pause, se gratta le front d'un air pénétré et dit :

— Je me permets de vous rappeler que l'expression « courir à toutes jambes dans les bois » avait, bien entendu, en 858, une signification autre que celle que nous lui accordons aujourd'hui.

Et, en effet, dès son entrée sous les arbres, le jeune Silas eut le plaisir de saluer quelques lutins qui s'occupaient des chevaux du seigneur Oswlu et qui ouvraient ce matin leur petite cabane pour le printemps. Il passa non loin d'une grotte où un dragon dormait paisiblement, il croisa une source habitée par un esprit qui répondait toujours par oui ou par non aux questions qu'on lui posait, il salua une famille d'écureuils qui l'avaient reconnu et qui se félicitaient de son retour, etc.

Les membres du club ponctuaient ce récit de quelques ricanements alors qu'Amory Bolton, lui, écoutait Eliot Doe avec les yeux; si attentif qu'il lui semblait cheminer aux côtés de Silas.

Combien de fois n'avait-il pas rêvé de vivre dans un univers où les animaux étaient doués de parole et les plantes douées de raison? Depuis qu'il était en âge d'appréhender le monde qui l'entourait (figurez-vous, je vous prie, le Londres de la révolution industrielle...) Amory déplorait d'être né trop tard et d'avoir manqué cet « âge d'or ».

Mais pendant qu'il songeait à cela, le jeune Silas, lui, avait doublé le pas.

Car il existait un lieu et un personnage dans cette forêt du Wessex que l'enfant cherchait à rejoindre au plus tôt. Il stoppa sa course devant un arbre. Un vieux chêne aux pousses encore invisibles; seul parmi d'autres arbres plus jeunes et déjà verdoyants, il avait l'air mort.

Silas s'approcha avec inquiétude, redoutant que son « ami » ne fût toujours endormi dans son sommeil hivernal.

Le chêne s'appelait Cornélius et était un *arbre à histoires*.

Silas restait le seul à le fréquenter car il avait pris racine huit siècles auparavant sur une parcelle de forêt désormais désertée et que seuls les gardes-chasse comme son père et lui exploraient encore.

« Cornélius ? » appela Silas.

Une partie de l'écorce rugueuse, couturée et frisée du tronc se mit à se mouvoir. Peu à peu, les traits d'un visage se révélèrent sous les replis et les ombres (du moins à qui avait appris à lire la physionomie d'un chêne magique).

Le visage bâilla et une voix caverneuse salua le petit Silas.

Ces deux-là se connaissaient de longue date. Silas aimait à entendre Cornélius lui raconter des histoires concernant ses ancêtres, tous gardes-chasse sur le domaine. Bien entendu, Cornélius les avait connus, c'était même un aïeul de Silas qui avait fait tomber là, par inadvertance, le gland dont il avait jailli. Lorsque Silas rapportait de temps à autre les récits de Cornélius sur sa famille à son père Bernard, ce dernier souriait et commentait invariablement avec ces mots : « Ah, ces conteurs !... Ils ont la manie de l'exagération... »

Mais la vérité était que lui aussi, enfant, courait pour entendre la voix amicale de Cornélius.

– Voilà encore un trait remarquable de cette époque ! se permit de dire Eliot Doe au risque d'interrompre son récit. Alors père et fils partageaient les mêmes croyances, ils pensaient des choses en commun, ils avaient les mêmes souvenirs. Aujourd'hui, un homme éduqué, un adulte, est un individu qui ne doit plus conserver aucune trace de son enfance sur lui !... Est-ce bien ce que souhaite la nature ?

Pour ce premier jour de printemps de l'an 858, Silas et Cornélius restèrent une heure à bavarder.

Le garçon avoua à son ami qu'il avait commencé d'apprendre à lire et à écrire et que donc, bientôt, lui aussi pourrait lui raconter de nouvelles histoires !

« J'ai hâte de t'entendre. Il y a des lustres que je n'ai pas écouté une histoire neuve. Même si, hormis quelques variantes esthétiques, elles narrent toutes les mêmes péripéties avec les mêmes personnages… »

Lorsque vint l'heure de se séparer, Cornélius sembla inquiet et recommanda au garçon de faire attention sur le chemin du retour :

« Les bois ne sont pas très sûrs, ces temps-ci… L'hiver et ses mauvais compagnons n'ont pas encore entièrement vidé les lieux… »

Il ne voulut pas s'ouvrir davantage de ses pressentiments, pour ne pas effrayer son ami ; Silas promit de se montrer prudent.

Pour retourner jusqu'à chez lui, dans les communs du château d'Oswlu, il résolut de longer la grande rivière baptisée Caïrahan. La distance était plus longue, mais le chemin plus dégagé.

Il avança d'un pas décidé pendant une quinzaine de minutes jusqu'à ce qu'il perçoive les premiers cris !…

Il se figea.

Amory Bolton aussi.

Ces hurlements aigus et prolongés n'étaient pas sans rappeler à Silas des sons qui l'avaient marqué dans sa prime enfance : une nuit d'été, deux gardes du château avaient été surpris et attaqués par une meute de loups. Leurs cris de douleur avaient porté jusqu'à la chambre du garçon qui n'en dormit plus pendant des mois. Une seconde fois, ce fut Dame Jocaste, une parente du seigneur accusée de sorcellerie qui avait été enfermée dans les prisons du château. Là, des bourreaux la tuaient tous les jours en lui faisant subir les souffrances de la question, afin qu'elle avoue les conditions de son pacte avec le Démon. Tenaillée à chaque muscle, endurant le feu du fer rouge et le froid du poignard, les plaintes de cette femme, lugubrement amplifiées par l'écho, avaient atteint quelquefois les oreilles de Silas.

Ce matin, il en était convaincu, les cris montés de la forêt étaient du même ordre, ils appartenaient à un être qui souffrait dans sa chair.

Que devait-il résoudre ?

S'échapper et suivre les conseils de Cornélius ? S'approcher pour mieux découvrir la raison de ces hurlements ?

Mais, au reste, par où aller ? Les cris provenaient d'un sous-bois cerné de ronces et de broussailles qui barraient la route et la vue à tous les passants. Silas était, certes, grand pour son âge mais encore trop petit pour son espèce, aussi ne pouvait-il rien apercevoir.

Mais comme aucun obstacle ne doit demeurer insurmontable dans un conte, le mur d'épines et de brindilles dressé devant le garçon se mit à craquer et à crépiter comme s'il était pris dans une bourrasque. En réalité, il ne se ressentait ici pas plus de vent que dans le fond d'un puits, c'était simplement « l'esprit » du sous-bois qui ordonnait à ses ronces et à ses piquants de se défaire les unes des autres pour livrer passage à l'enfant. Les broussailles s'ouvrirent ainsi que le feraient deux mains qui délient leurs doigts.

Silas, invité à avancer, ne se fit pas attendre ; sa curiosité, ravivée par les cris de plus en plus entêtants, l'exhortait à goûter au risque plutôt qu'à la prudence.

Il progressa à petits pas, les épaules rentrées, attentif à ne pas se laisser découvrir. Lorsqu'il eut franchi la paroi de ronces, tel un Moïse de douze ans rescapé des flots de la mer Rouge, il découvrit une petite aire circulaire dégagée dans le bois. Au sol se lisait un cercle de champignons appelé *rond-de-sorcière*. En personnage de son temps, Silas savait l'objet de ce signe magique : des fées venaient en des lieux reculés de la forêt, loin des hommes, pour danser des rondes les nuits de fête. De leur passage, des champignons ou des fleurs ou des petites pierres irisées étaient les témoins ; ils « naissaient » sous leurs pas.

Silas comprit qu'il pénétrait un territoire foulé par des êtres magiques. Seulement, dans le même temps, il s'aperçut que le *rond-de-sorcière* avait été rompu : un pan entier de champignons était arraché et l'enfant voyait sur le sol des traces d'un corps qu'on avait traîné.

Il suivit ces traces.

Un peu plus loin, il se frotta les yeux comme pour s'éclaircir la vue : il découvrit une troupe de quatre hommes !

Non, cinq.

Car l'un d'eux gisait à terre et subissait une volée de coups de la part des quatre autres !

C'était lui qui hurlait.

« Que font des hommes par ici ? se demanda Silas. Personne que moi ne connaît ces petits sentiers. Qui peut songer à venir jusque-là pour corriger l'un de ses semblables ? »

Devant l'horrible spectacle, le petit Silas serra les poings et frissonna. Dans le groupe des quatre hommes, il venait de reconnaître un évêque ! Celui-ci commandait à ses voisins les coups qu'ils devaient porter sur la victime.

Silas était trop loin pour comprendre ce qu'ils se disaient, en revanche il était assez près pour être découvert si l'un d'eux tournait la tête.

Il n'eut cependant pas besoin de s'abriter ; un sapin âgé qui se trouvait dans son dos abaissa ses branches plongeantes les plus garnies pour le rendre invisible.

« Merci », dit Silas.

Le sapin avoua appartenir aux vieux amis du chêne Cornélius.

Ainsi à couvert, Silas fut le témoin pendant de longues minutes des coups reçus par le pauvre homme, suppliant, à grand renfort de cris, que ses assaillants l'épargnent. Hélas, ils ne cessèrent pas avant que leur proie devienne silencieuse.

« Évanoui ou trépassé ? » s'inquiétait Silas.

L'évêque haussa les épaules, avec un dédain parfaitement épiscopal, et fit un geste qui signifiait le repli des troupes. Ses hommes l'escortèrent à travers bois sans plus se soucier du corps inerte qu'ils abandonnaient derrière eux.

Lorsque tout danger parut écarté, le sapin redressa ses branchages.

Silas, le cœur battant, décida de s'approcher du personnage inanimé ; sans doute faisait-il partie du village ou des serfs à la merci du seigneur Oswlu ?

Ce faisant, il se sentit observé. Les animaux de la forêt, jusque-là invisibles, effrayés par les cris, avaient eux aussi quitté leurs abris et se montraient à l'orée du bois.

Le garçon était accoutumé à la mort, à ses teintes et à ses odeurs, grâce à la fréquentation assidue des porchers et des abatteurs de volailles, mais il n'avait jamais observé de cadavre d'homme de près...

Le blessé était grand et élancé, il paraissait jeune. Les cheveux blonds. Son visage était couvert de sang et d'ecchymoses. Silas lui trouvait un air aristocratique qui collait mal à un habitant du village. L'homme portait des bottes effilées, des chausses drapées, des hauts-de-chausses et un justaucorps de laine claire, un pourpoint matelassé et un baudrier d'archer en cuir brun.

Respirait-il ?

Silas devait, pour répondre, se pencher davantage.

Il ne s'en sentit pas le courage.

Il préféra s'élancer vers la rivière Caïrahan dont le fort débit grondait à quelques mètres de là et rapporter de l'eau fraîche dans le creux de ses mains. Il espérait que l'effet de la morsure glacée sur le front du blessé provoquerait un signe de vie...

Il répandit l'eau claire qui lava quelque peu le sang des joues et rabattit les mèches blondes vers le crâne. Le visage du blessé se révéla tout entier. Silas eut un premier sursaut : un instant, il douta qu'il s'agisse, en réalité, d'une jeune femme, puis il ressentit un second sursaut, plus violent que le précédent et accompagné cette fois d'un cri assez sonore pour inquiéter la majorité des animaux qui l'entouraient.

« C'est un elfe !! »

Un elfe ?

— Un elfe ! répéta Amory Bolton, fasciné.

UN ELFE ? D'abord, de ces êtres magiques, immortels, vivant dans des parcelles du monde qui leur étaient exclusivement réservées, Silas savait qu'ils ne se laissaient jamais voir des humains.

« Comment était-il possible que l'un d'entre eux tombât de la sorte entre les mains de l'évêque et de ses hommes ? »

Ensuite, les elfes étaient pacifiques.

« Pourquoi s'en prendre à lui et le rosser ? »

Eliot Doe, pour dire ces mots du haut de son pupitre, usait de toute la gamme d'accents pathétiques que lui offrait sa voix et appuyait les questionnements de Silas en projetant des regards poignardants vers son auditoire.

Amory Bolton, lui, mesurait parfaitement l'incongruité de la situation vécue par le jeune garde-chasse. Comme, à sa place, il n'avait pas idée de ce qu'il aurait fait, il attendait avec impatience la suite de ses aventures.

— Le jeune Silas observait l'elfe, fit Eliot Doe, la bouche béante et les yeux hébétés.

L'eau froide de la rivière avait suscité l'effet escompté : une petite contraction des traits du visage laissait entendre que la créature était encore en vie.

Silas retourna sur la rive et accomplit plusieurs va-et-vient afin d'asperger l'être magique jusqu'à ce qu'il recouvre ses sens.

Ce dernier finit par relever faiblement une paupière.

Son regard croisa celui du garçon.

« Je me nomme Silas, se hâta de dire ce dernier. Je suis le fils de Bernard le garde-chasse. Je passais par ici par hasard. Je… Je… »

Il se trouva rapidement à court de choses à révéler sur lui-même. Et puis le son même de sa voix l'inquiétait. Il craignait d'avoir parlé trop haut et de voir resurgir l'évêque et ses tortionnaires !

Cependant l'elfe l'observait avec une infinie gratitude dans le regard. Comme s'il savait déjà tout du courage du jeune garçon et de ses premiers efforts pour le ramener à la vie.

« Que puis-je faire pour vous ? » demanda Silas.

L'elfe essaya de se relever, en vain. Ses os avaient été brisés, il ne pouvait remuer sans se tordre de douleur. Alors il tourna son visage et fit un signe avec le menton, à l'intention de Silas.

« Comment ? »

L'elfe répéta plusieurs fois son imperceptible mouvement du menton puis proféra ces trois syllabes : Re Ca Red.

Reccared.

Silas connaissait. C'était une ville populeuse de la Mercie située à une douzaine de lieues. Seulement l'elfe se trompait puisqu'il désignait du front le Nord alors que Reccared se trouvait au Sud-Ouest.

Un bruit mat et lourd se fit entendre dans le dos de l'enfant puis une voix lança :

« Idiot, il te désigne le *rond-de-sorcière*, voyons ! »

Silas en fut bon pour un troisième sursaut nerveux.

Il se retourna, la peur au ventre, et se retrouva en face d'un dragon !

Oh, pas n'importe quel dragon, celui-là même qui était réputé pour sommeiller dans la grotte devant laquelle Silas était passé ce matin lorsqu'il courait rejoindre son ami Cornélius. La légende voulait que ce dragon fût trop fainéant pour sortir jamais de son abri et que nul chevalier n'était venu lui chercher des noises, respectant son pacifisme naturel.

Un dragon, me direz-vous, cela impressionne et cela occupe de la place. Cependant, celui qui nous intéresse aujourd'hui mesurait la taille d'un gros chien, il avait la peau finement écaillée, des petites ailes atrophiées et des grosses narines d'où ne s'échappaient que deux minces filets de fumée à peine dignes d'une cigarette anglaise.

« Les cris de l'elfe sont venus jusqu'à moi, avoua-t-il. Je tenais enfin une raison valable de quitter ma grotte. Pauvre ami, dans quel état ils l'ont laissé ! »

La dose d'émerveillement apeuré de Silas était à son comble ; surpris par un elfe, surpris par un dragon, le garçon s'attendait désormais à tout.

« Que voulez-vous dire avec le *rond-de-sorcière* ? »

Le dragon haussa les épaules.

« L'elfe t'indique qu'il te faut le conduire dans un *rond-de-sorcière* duquel il pourra retrouver les siens. Ces cercles sont riches d'effets magiques très variés. Toutefois celui-là… »

Il désigna le cercle de champignons.

« … a été endommagé lors du guet-apens des hommes ; aussi te faut-il le porter jusqu'à Reccared où un autre emplacement de ce genre fera l'affaire. »

Silas pâlit.

« Comment conduirais-je un elfe ? C'est impossible ! Ne pouvez-vous pas, vous, l'emmener dans les airs ? »

Un rire aigu et haché s'échappa de la gorge de l'animal fantastique.

« As-tu considéré mes ailes, le garçon ? On dirait deux sachets de thé après usage. Elles me soulèvent à peine… »

Il s'interrompit pour mieux bâiller, gueule grande ouverte. Silas observa fasciné le brasier qui rougissait au fond de son gosier.

« Tu t'imagines mal combien je suis fatigué par toute cette action inattendue, dit le dragon. Un demi-siècle s'est passé sans que je quitte ma couche… il va m'en falloir davantage pour récupérer… »

Il fit quelques pas sur ses courtes pattes pour se tourner.

« Je vois que l'elfe n'est pas abandonné à son triste sort, dit-il, et qu'il se trouve même entre d'excellentes mains. Fais ce que tu dois, mon petit. Moi, je retourne dans ma grotte.

— Mais non, objecta Silas en criant, vous ne pouvez pas m'abandonner ! »

Silas voulait retenir le dragon qui reprenait son envol mais il fut interrompu par le marteau de bois que le président Jessé Pagnell abattait sur la table pour faire taire la douzaine de membres du *Poughkeepsie Club* qui venait de se lever et vociférait :

— Un elfe ! Un dragon !

— Pour qui nous prend-on ?

— Laissez-moi sortir ou je fais un malheur…

— Faites-le taire, c'est un fou !

— La comédie a assez duré !…

Eliot Doe interrompit son récit.

Mais cette fois, il put compter sur le soutien de son parent, lord Gabriel Oak qui remonta à la tribune pour s'écrier :

— Allez-vous donc faire silence ? Puisque l'on vous dit qu'il faut entendre l'histoire jusqu'à sa fin !

Il criait. On lui criait en retour. Un pas de plus dans cette direction et l'on en viendrait aux mains.

Amory Bolton trouvait le manque soudain de sang-froid des membres du club plus extraordinaire encore que les personnages fantastiques rencontrés par le jeune Silas. Que des prestigieux Britanniques puissent ainsi se laisser aller à des exhortations, voire à des menaces, cela heurtait le sens commun dans ses fondements les plus solides, pis qu'un conte de Noël.

— Non, je ne me tairai pas.

— Si, vous vous tairez.

— Non pas !

— Si fait !

— Encore un mot et je vous étrangle.

— Approchez et je vous mords !

Voilà où nous étions rendus.

Pendant ce temps, le dragon disparaissait et Silas attendait quoi faire…

Le président Jessé Pagnell n'eut d'autre solution que de solliciter l'intervention du gardien des lieux, Richard Boon-Valker.

Cet homme mesurait deux mètres. On eût pu dire « de haut comme de large » tant il était robustement bâti. Ancien soldat émérite des armées britanniques d'Afrique subsaharienne, aucune révolte ne pouvait l'inquiéter. Il passa lentement entre les rangs des factieux du club, et ces honorables de la *nobility* et de la *gentry* qui péroraient à tout-va furent rapidement réduits au silence.

Amory Bolton se dit que Richard Boon-Valker était l'équivalent contemporain des dragons d'autrefois, il lui suffisait d'apparaître pour réfréner les audacieux. Seul un preux chevalier de légende pouvait oser s'en prendre à lui ; à l'évidence, le *Pougheepsie Club* comptait nombre de membres variés, mais point de Lancelot ou de Perceval en puissance. Cela était sans doute à mettre sur le compte de l'époque victorienne qui cultivait plus volontiers des cambistes et des notaires que des héros arthuriens.

Le calme revenu, Jessé Pagnell rendit la parole au conteur, en s'excusant de cette interruption indigne du club.

Eliot Doe ne fit montre d'aucun signe d'impatience ni d'agacement et reprit le destin du jeune Silas aux prises avec le corps de l'elfe.

L'enfant considérait l'être magique blessé :

« Il fait trois pieds de haut de plus que moi, estima-t-il. Je ne pourrai jamais le soulever. Moins encore me déplacer dans le pays sans attirer les regards… »

Comment allait-il se sortir de ce mauvais pas ? Parcourir douze lieues jusqu'à Reccared ?

Il saisit l'elfe par les pieds afin de juger s'il avait seulement assez de forces pour le déplacer à terre. Il découvrit que le corps de l'elfe pesait moins qu'une plume ! En dépit de sa taille, Silas put le soulever et le faire tenir tout entier appuyé sur une de ses épaules, sans ressentir la moindre peine pour marcher.

« Incroyable ! »

Il savait que les elfes étaient de formidables cavaliers et des archers sans rivaux. Il savait aussi qu'ils étaient capables d'exécuter des bonds et des sauts vertigineux. Il comprenait désormais pourquoi.

Mais cela ne résolvait pas son problème. Comment le porter sans attirer l'attention ? Où le dissimuler ?

Alors qu'il s'interrogeait et s'inquiétait de son manque d'initiative, il ne fit pas tout de suite attention à la petite foule d'animaux qui s'activaient autour de lui.

Silas aperçut une colonie de castors, plusieurs familles de volatiles comme des corneilles et des martins, trois écureuils et deux lutins qui façonnaient à coups de brindilles et de branchages, un radeau approprié à la navigation en eau douce.

« La rivière ! comprit Silas, ému que les animaux de la forêt se soient unis pour l'épauler dans sa mission. Mais oui ! La rivière redescend vers la Mercie et traverse le village de Pountgarden, qui côtoie la ville de Reccared ! »

C'était l'itinéraire le plus sûr et le plus rapide.

Une heure plus tard, le radeau était mis à l'eau, l'elfe enveloppé sous un drap tissé en un temps record par des vers à soie et Silas debout à la poupe, un long bâton en main pour piloter l'embarcation.

« Merci à tous », cria-t-il.

Et l'improbable embarcation se mit à voguer.

Ici, il n'est pas possible de rendre, par l'expression écrite, tous les effets, toutes les nuances, toute l'intensité du récit d'Eliot Doe, car ses mains aussi bien que ses regards, ses intonations aussi bien que la moue crispée de son visage participaient à l'effort total de rendre vivante cette « Odyssée dans le Wessex d'un enfant et d'un elfe ».

La rivière n'avait rien d'un cours paisible, il fallut batailler, esquiver des récifs, négocier des courbes délicates. Et puis la pluie s'en mêla. Ou plutôt une tempête qui survint dans l'après-midi. Le débit puissant de la rivière s'accrut et devint incontrôlable ; Silas manqua par trois fois se renverser, ballotté par la violence des courants.

C'est bien simple, pendant ce spectaculaire épisode du récit, Amory Bolton vit des membres du club s'agripper de leurs deux mains aux accoudoirs de leurs fauteuils. D'autres verdirent du teint, rendus nauséeux par le balancement du radeau. D'autres encore se mordaient la lèvre inférieure, ou se grattaient une partie du corps dans un réflexe nerveux.

Amory Bolton reconnaissait avec joie la verve narrative d'Eliot Doe qui faisait tant pour son succès auprès des enfants. Le garçon avançait en terrain connu. D'ailleurs, ce dragon qui vint tirer Silas d'embarras n'était-il pas une vieille connaissance, déjà rencontrée dans l'histoire de *La Grotte au dragon fainéant* ?

Eliot Doe fit tant et si bien que Silas, détrempé et à bout de forces, atteignit le village de Pountgarden, avec son étrange compagnon de bord.

Là, l'enfant interrogea les habitants et apprit la route pour Reccared.

Son elfe « sous le bras », il rejoignit la ville et demanda, après dissimulation du blessé, mine de rien, où il pouvait trouver un *rond-de-sorcière*.

On le détrompa aussitôt :

« Vous ne trouverez jamais de cela par ici ! »

Mais c'était, en réalité, pour mieux lui dire que Reccared possédait un magnifique et mystérieux cromlech, dissimulé dans un bois au nord de la ville.

Un cromlech ?

Amory Bolton tendit l'oreille à l'énoncé du mot. Il se passionnait pour les cromlechs, ces monuments d'un lointain passé, composés de menhirs ou de roches plates distribués en cercle ou en ellipse et desquels les plus savants cerveaux anglais occupés de l'histoire du mégalithique avouaient ne rien savoir.

Silas considéra qu'un cercle magique de pierres pouvait convenir à son elfe aussi bien qu'un cercle magique de champignons. Il conduisit le blessé jusqu'à l'endroit indiqué dans les bois.

D'ordinaire les cromlechs se laissaient facilement voir, dressés dans des plaines ou des plateaux afin de profiter des feux du soleil ou des astres de la nuit. Là, les pierres, mal taillées, grosses comme des vaches, dépourvues d'inscriptions, moussues, étaient agencées entre des arbres et il fallait être un oiseau ou se montrer très attentif pour s'apercevoir qu'elles dessinaient au sol un cercle quasi parfait.

Silas porta l'elfe et, sitôt qu'il lui fit pénétrer l'aire du cercle, le cromlech *s'anima*.

Un savant du XIXe siècle, armé de ses nombreux instruments et de son bon sens handicapant, peut découvrir et apprendre bien des choses, mais il en demeure certaines qui échapperont à jamais à la sagacité de ses raisonnements. Le secret du cromlech de Reccared était de celles-là.

Chaque pierre se déroula, comme une coquille, et se transforma en un être magique. Si bien que, quelques instants après son arrivée, Silas se vit entourer d'un grand elfe, d'une grande fée, d'un grand ange, d'un grand lutin, etc. Vingt êtres différents avaient accouru pour se porter au chevet de l'elfe blessé.

Pressé de questions, Silas fit un récit détaillé de ce qu'il avait vu.

La consternation se lut sur les visages.

Le grand elfe était terrifié à l'idée que son frère puisse avoir été ainsi brutalisé par des humains.

C'était la première fois que ces derniers s'en prenaient de la sorte à un être magique, considéré comme plus puissant qu'eux !

Il fut rapidement décidé que l'elfe de Silas devait être emporté pour être soigné. On remercia le garçon, tout en lui demandant de quitter vivement le cromlech.

Silas obéit mais dès qu'il se fut un peu éloigné, l'elfe blessé émit un mot et le garçon fut rappelé.

Au prix d'intenses douleurs, l'elfe glissa sa main vers son cou et se défit d'un petit collier de corde soutenant un pendentif de pierre bleue.

Il voulut le tendre à Silas.

Plusieurs êtres protestèrent et s'avancèrent pour l'en empêcher, mais le grand elfe autorisa l'enfant à conserver le cadeau de son frère.

« C'est une pierre de vérité, lui dit-il. À qui la tient dans sa main, nul mystère ne demeurera insoluble…

— On n'offre pas cela à un humain ! protestaient ses voisins.

— À lui, si, décréta l'elfe. »

Silas remercia et quitta précipitamment le cromlech comme on le lui avait ordonné.

Dès lors tout s'évanouit et le garçon se réveilla dans son lit, chez lui, environné de ses sœurs.

Surpris, Silas observa alentour et n'aperçut aucun signe d'étonnement ou d'inquiétude à son sujet.

Que lui était-il arrivé ? Comment était-il revenu si vite sous son toit ?

L'idée décevante d'un rêve lui vint, mais, dans sa main droite, il sentit le poids d'un petit objet.

Il défit ses doigts et reconnut la pierre bleue de l'elfe blessé…

— Cette histoire, messieurs, dit Eliot Doe avec une pointe d'emphase, est considérée dans toutes les annales magiques qu'il m'a été permis d'étudier, comme le premier acte, la raison fondatrice qui conduira plus tard à ce que les historiens ont nommé le Grand Départ !

Amory fut une nouvelle fois certain que le conteur avait levé les yeux vers lui.

— Il faut ensuite attendre quelques années avant qu'un autre événement de cet ordre soit enregistré par les chroniqueurs des temps magiques. Mes chers auditeurs, portez-vous désormais, je vous prie, au 6 août 974, date où un phénomène céleste occupait alors tous les esprits éveillés : il s'agissait d'un exceptionnel alignement planétaire, comme seuls les êtres magiques pouvaient en avoir connaissance puisqu'en ces temps les hommes rencontraient bien des difficultés à déchiffrer le livre du ciel…

– Quoi ? Mais que devient le petit Silas ? interrompit le duc de Westinghouse. Alors, vous ne nous en parlez plus ?

C'était un vieillard de quatre-vingt-sept ans, ancien militaire bardé de décorations, connu pour son cœur de pierre et son manque total d'indulgence envers ses prochains, qui s'inquiétait du sort de ce petit garçon du IXe siècle, dont il n'aurait pas seulement admis l'existence quelques instants plus tôt.

Il avait posé sa question avec une note de tristesse dans la voix tout à fait attendrissante.

Cela ne retint pas le président Jessé Pagnell de secouer la tête d'un air de dépit :

— Ne vous ai-je pas, à maintes reprises, recommandé de prendre patience, de demeurer silencieux et d'attendre la fin du plaidoyer de Mr Doe ?

Westinghouse se rassit aussitôt, confus et inquiet, comme un écolier disputé par son maître.

Eliot Doe poursuivit :

— Cet alignement planétaire du 6 août 974 était surtout le prétexte d'une vaste réunion d'esprits magiques dans le nord de l'Écosse, non loin d'Inverness. Réunion qui ne se tenait qu'une fois tous les 1987 ans, durée du cycle de retour de l'alignement planétaire.

Il faut s'imaginer ce qu'était cette prestigieuse réunion ! Cent des esprits les plus évolués, cent des êtres magiques les plus doués de la planète se regroupaient le temps d'une nuit pour partager leurs dernières grandes découvertes, les avancées dans la maîtrise de leurs pouvoirs distinctifs. Cette réunion possédait un nom : « Les Cent Merveilles ». Bien des êtres de toutes les familles auraient sacrifié leurs possessions les plus précieuses pour avoir l'honneur de participer à ce regroupement. Mais seuls les talents magiques, leur valeur et leur portée, permettaient l'accession à la réunion des Cent.

Au cours de celle-ci, chaque être magique devait être couvert d'une longue robe blanche à capuche qui dissimulait ses traits. On ne devait jamais voir la personne, c'était le don seul, le *pouvoir* qui était à l'honneur cette nuit-là.

Afin d'accéder à l'intérieur du cromlech qui accueillait la festivité, il fallait franchir des barrages, réussir bien des tests de compétence, cela pour mieux confondre les imposteurs et les curieux.

Les prétendants passaient sous une suite de dolmens, chacun chargé d'une force à déjouer. On se devait de répondre à l'interrogatoire d'un sphinx, de projeter son don contre un peulven, bloc de granit dont la couleur changeait selon qu'il était le jouet d'un pouvoir sain ou corrompu, de boire de l'eau d'une source de l'île aux Pommiers, d'immerger sa main dans une vasque d'huile fatale aux menteurs, de ceindre à son front, par-dessus la capuche blanche, une couronne de lauriers vénéneux pour ceux qui n'avaient pas le droit de se présenter, il fallait enfin déchiffrer une inscription lapidaire, inscrite dans un dialecte connu seulement des « Cent Merveilles » appelées à se réunir cette nuit. Dialecte intégralement réinventé tous les 1987 ans.

– Sachez, mes amis, dit d'une voix grave Eliot Doe, qu'au cours de cette redoutable nuit de 974, alors que les cent privilégiés vénéraient la ligne dessinée dans le ciel par les planètes et se transmettaient les uns les autres leurs pouvoirs les plus précieux et les plus nouveaux, deux d'entre eux se firent remarquer par leur manque évident de collaboration. Ce qui ne fut d'abord pris que comme une originalité ou la possibilité que ces êtres participassent pour la première fois à la réunion, se changea vite en soupçon. Ces deux-là absorbaient tout ce qu'on leur proposait, mais eux n'avaient rien à offrir !

L'impolitesse mise de côté, c'était surtout aller contre le sens même de la réunion.

Mais quelle ne fut pas la stupéfaction des quatre-vingt-dix-huit lorsqu'ils résolurent de tirer l'identité des deux au clair.

Deux *humains* !

Jamais coup si dur ne fut porté à la communauté des êtres magiques. Deux humains ! Introduits à la réunion des Cent ! Deux espions pour le compte des hommes !

C'était impossible. Inconcevable.

Comment avaient-ils franchi les barrages ? Personne ne savait où, comment et par qui ils avaient pu apprendre à maîtriser suffisamment de dons magiques pour réussir les épreuves et se faire passer pour des êtres d'une autre race que la leur !

C'était une abominable brisure dans l'ordre de la nature. Une effraction dans l'échelle des races.

Et un terrible danger qu'Eliot Doe commenta de la sorte :

— C'était aussi étrange que si un chat se mettait de nos jours sur ses pattes arrière et s'en allait, cahin-caha, à la *Royal Bank of Britannia* pour se présenter au guichetier…

Tous les membres du *Pougheepsie Club* rirent de bon cœur.

— … puis qu'il fit montre de documents officiels l'autorisant à vider les avoirs de tous les hommes présents dans cet amphithéâtre !

Les rires cessèrent aussi sec.

La réunion des Cent de l'an 974 fut interrompue pour laisser place à une réunion d'urgence du comité directorial des êtres magiques.

Ordre était donné de comprendre les moyens employés par ces deux imposteurs et de percer leurs motivations.

On décréta de rendre la pareille aux humains : des fées, des lutins, des esprits infiltrèrent la vie des hommes en prenant leurs formes afin d'espionner et de découvrir ce qu'ils pouvaient tramer.

Les résultats de cette enquête furent accablants.

Isidore de Deltheil, mi-homme mi-fée, confident de l'ancienne famille royale de la Mercie fut enlevé en son repaire de Northumbrie, et toute son immense bibliothèque secrète et magique dérobée, ce qui représentait une perte terrible pour la communauté des êtres magiques.

Wyn, une modeste servante dans le château du seigneur de Knoth-Kinglor, révéla que d'horribles expériences avaient lieu dans les parties solitaires du palais : là étaient réunis des êtres magiques kidnappés, on leur faisait subir des supplices à but scientifique, on leur prélevait du sang et des organes, on les soumettait à des conditions de vie insupportables, on les éprouvait pour tout apprendre d'eux.

On dénombra des cas de plus en plus fréquents de rapts d'êtres magiques, tous torturés afin d'avouer le maniement de leurs dons.

Le cas de l'elfe sauvé un siècle auparavant par un jeune garçon prénommé Silas refit surface. Ce cas était le premier connu d'un comportement violent des hommes à l'égard d'un être magique. Mais surtout il était le seul, à cette heure, à avoir échappé et survécu à la violence des hommes !

Remis de ses blessures, l'elfe put s'exprimer sur les motifs qui avaient poussé un évêque du Wessex et ses hommes à le tourmenter : ils voulaient connaître les raisons de l'immortalité des elfes ! On leur avait mentionné un breuvage secret usé par les elfes : ils avaient décrété que ce breuvage était la source de leur immortalité et ils voulaient torturer l'un d'eux pour lui en faire avouer les composants ! L'elfe refusa de parler et fut roué de coups et laissé pour mort.

À l'époque, cela fut mis sur le compte de la folie de ce seul évêque.

On comprit, un peu tard, que c'était en réalité l'expression d'un puissant courant secret parmi les hommes de ce siècle qui allait affecter toutes les familles des êtres magiques.

— Une fois encore, l'histoire se répétait, déplora Eliot Doe. L'homme, toujours insatisfait de sa condition, supportant mal de devoir disparaître, voulait enfreindre les lois de la nature pour devenir, à son tour, comme les êtres magiques avec lesquels il vivait en paix depuis des siècles. Sa cupidité, la même que celle d'Adam ou de Sisyphe, l'aveuglait et le poussait à jalouser des dons qui n'étaient pas faits pour lui !

Ce fut le drame découvert par le comité des êtres magiques : avide, l'homme avait nettement progressé dans sa compréhension de leur mystérieuse nature. Il savait désormais que chacun d'eux ne naissait pas avec l'intégralité de ses dons et que tout un cursus, tout un « apprentissage » était requis pour qu'une fée soit une fée et un elfe, un elfe.

Si apprentissage il y avait, l'homme pensait pouvoir s'emparer de cette connaissance et la faire sienne.

Cela effraya les êtres magiques, car la race des hommes ne possédait aucune des aptitudes requises pour être détentrice de tels pouvoirs. Si l'homme s'emparait de la connaissance ancestrale des êtres, il s'ensuivrait un conflit qui décimerait l'ensemble du vivant.

Il fallait se résoudre à agir.

Hautement démocratique, le comité des êtres magiques invita tous les siens à participer au débat et à proposer des solutions.

Après deux années d'intenses consultations, trois propositions furent retenues :

— L'abandon définitif par chacun de ses pouvoirs afin que les hommes ne puissent jamais plus les posséder.

— Guerre ouverte contre les hommes.

— Départ de cette planète de tous les êtres magiques.

Là encore le choix fut remis aux meilleures instances. On investit trois cents êtres doués de pouvoirs divinatoires afin qu'ils établissent méthodiquement toutes les possibilités d'avenir que recélait chacune des trois propositions. Ce dur labeur réclama cinq années supplémentaires au cours desquelles les hommes ne cessèrent jamais d'enfreindre la paix naturelle qui avait existé jusque-là entre eux et les êtres de magie.

Le verdict des devins fut sans appel : le seule proposition viable pour tous était le Départ ! L'annulation des pouvoirs ou la guerre aboutissaient dans un cas comme dans l'autre à l'extinction des deux races.

Sous le dôme de l'amphithéâtre du *Pougheepsie Club* régnait un silence pesant. Les membres écoutaient Eliot Doe avec attention.

Amory Bolton était émerveillé d'entendre pour la première fois cet étrange récit d'un conflit envisagé entre les hommes et les êtres magiques. Jamais nulle part, dans aucune légende ni aucun conte, il n'avait rencontré le résumé de tels faits historiques.

Rien que l'histoire des « Cent Merveilles » eût pu suffire à son bonheur.

Le fabuleux Eliot Doe poursuivit :

— La décision fut prise que tous les êtres magiques occupant la planète Terre devraient abandonner ce territoire et le laisser aux seuls humains et aux animaux rendus à leur condition de bêtes.

Partir, soit. Mais comment ? Et pour où ?

Répondre à ces deux questions coûta encore presque un siècle de réflexion.

Ce ne fut qu'en 1066 que le comité des êtres magiques résolut d'emmener son monde sur une étoile de la constellation du Petit Cheval, jugée idéale, et d'user pour ce faire, à l'exemple d'une famille d'humains en son temps, d'une gigantesque Arche.

Cette dernière serait d'une dimension autre que celle de Noé : il ne s'agissait plus d'emporter un couple de chaque race animale, mais des millions d'êtres aux formes et aux besoins très divers.

— Il faut noter qu'en ce temps-là, expliqua Eliot Doe, les êtres magiques étaient plus nombreux que les humains sur la surface du monde. Il fut donc établi que l'Arche ferait six kilomètres de long et deux de large et qu'elle serait bâtie sur l'île des Pommiers, île magique qui avait la propriété de voguer sur les flots loin des terres habitées par les hommes, protégée derrière un impénétrable rideau de brume.

La construction de l'Arche débuta en 1099. Afin d'effacer durablement de la surface du globe toute trace de magie, on employa à sa confection les matières « vivantes » existantes alors. Les arbres parlants furent employés à la fabrication de la carène : l'ami du jeune Silas, le vieux chêne Cornélius de la forêt du Wessex, fut abattu, comme tant d'autres « arbres à histoires », afin d'être débité en bois de chantier naval.

Ordre fut donné à tous de ne plus manifester de magie en présence des humains. Seuls les enfants conservaient le droit de voir encore, pour quelques temps, les êtres prodigieux et de communiquer avec eux. Cette mesure avait pour but de freiner la progression des connaissances des adultes et de porter du discrédit sur les effets de la magie.

La nouvelle du Grand Départ fut diversement accueillie par les parties concernées : il y avait les êtres qui se réjouissaient d'abandonner cette race d'hommes inconsistants et intrépides, et il y avait ceux qui, au contraire, ressentaient un véritable déchirement à l'idée de quitter leurs amis humains (mais surtout leurs enfants avec lesquels ils entretenaient des rapports privilégiés). Certains acceptèrent les risques encourus en choisissant de ne pas partir : ils perdirent leurs pouvoirs et devinrent mortels.

Ce risque qui pesait sur les réfractaires eut, en l'espèce, un effet salvateur sur les êtres sombres de la magie, les diables et les démons, les mauvais esprits et les sorcières : l'idée d'être privés de leurs dons et de devenir périssables les avaient tous ralliés à l'idée du Grand Départ. Il fut arrêté qu'ils entreraient dans une partie de l'Arche, sans pouvoir se confondre avec les autres êtres, et qu'ils seraient déposés sur une étoile à eux, dans la constellation de l'Éridan.

On commença le remplissage de l'Arche vers 1118. Des colonnes infinies d'êtres magiques se dirigeaient vers l'île aux Pommiers et pénétraient en bon ordre dans l'immense vaisseau.

À lui seul, le remplissage requit une quinzaine d'années.

Les conséquences sur la vie des hommes s'en firent très vite sentir : la magie disparaissait peu à peu, au reste, elle n'avait été ces derniers temps que le fait des petits enfants, aussi beaucoup d'adultes commençaient à professer, surtout au sein des nouvelles générations tombées sous le joug de l'Église, que rien de tout « cela » n'avait jamais existé et qu'il s'agissait en définitive de simples rêveries enfantines…

L'Arche fut pleine et prête à s'envoler en 1136.

Avant le départ, le Comité expédia trois anges, nommés Rê, Râ et Ran, afin qu'ils ratissent une dernière fois le monde à la recherche d'être magiques perdus ou oubliés ou d'objets ou de livres susceptibles de transmettre encore les savoirs magiques ou la preuve que la magie avait un jour habité la terre…

Rê, Râ et Ran ne laissèrent rien leur échapper : pas une amulette, pas un fragment de parchemin tendancieux, pas une formule de philtre, pas un caillou doué de pouvoir guérisseur ne fut laissé derrière eux.

Rien ne subsistait plus de ces êtres magiques autrefois répandus sur tous les continents, si ce n'est d'innombrables histoires qui débutaient par des « Il était une fois… » et contaient leurs exploits passés.

Au comité des anges, on se félicitait de la persistance de ces historiettes, espérant que les enfants se les transmettraient d'une génération à l'autre et que leur souvenir ne serait pas intégralement perdu.

Eliot Doe dit en souriant :

— Ils peuvent être rassurés sur ce point puisque leurs histoires sont venues jusqu'à nous et que des originaux de mon espèce passent leur vie à vouloir en découvrir de nouvelles et les rendre accessibles au plus grand nombre.

Le jour du Grand Départ arriva.

Ce fut un matin d'éclipse solaire…

Alors que les yeux de l'humanité étaient soit fermés par la peur, soit tournés vers le Soleil occulté par la Lune, à l'opposé, dans le coin le plus sombre du ciel, l'Arche s'envola, à l'insu de tous, rompant définitivement le lien qui avait si longtemps uni entre eux les hommes et les êtres de magie.

N'ayant jamais rien su de ce Départ, les hommes continuèrent de chercher à vouloir percer les secrets des êtres extraordinaires, découvrant désormais de la magie là où il n'y en avait plus, confondant des manifestations de la nature qui leur échappaient avec des miracles d'autrefois et contrefaisant eux-mêmes la magie pour convaincre les plus crédules.

— Aujourd'hui, plus personne ne veut croire à la vérité de ces êtres étonnants qui nous ont été proches pendant si longtemps, exposa Eliot Doe. On s'est convaincu que l'humanité avait mûri, avait gagné en sagesse avec l'âge, qu'elle s'était défaite de ses superstitions du passé grâce à un nouvel esprit de raison, alors même qu'elle s'est simplement retrouvée *abandonnée* ! Faut-il être prétentieux pour se croire plus sage que la nature !

Cette histoire avait choqué et ému Amory Bolton. Mais elle finissait trop mal pour être du bon Eliot Doe. Après tout, les œuvres de ce conteur se terminaient toujours bien. Il ne pouvait en être autrement aujourd'hui !

Et, en effet, Eliot reprit la parole :

— Le jour du Grand Départ, une ultime décision fut décidée par le comité des êtres magiques. Tous s'accordaient pour dire que cet exil dans la constellation du Petit Cheval devait être *provisoire* ; ils attendraient le temps nécessaire pour que l'humanité devienne assez rassise, apprenne à dompter ses mauvais instincts, afin de pouvoir revenir sans plus courir le risque d'attiser sa jalousie ou de l'inciter à vouloir outrepasser sa condition naturelle. Seulement, tous savaient que la Magie, pour persister dans l'esprit des humains, ne pouvait pas simplement se reposer sur la popularité de ses contes pour enfants, il lui fallait donner, de temps à autre, un petit signe de son existence réelle. Dans le cas contraire, l'humanité risquait de s'en éloigner au point que le retour des êtres magiques en serait définitivement compromis. Aussi décréta-t-on qu'un jour, et un jour seulement par année, la Magie aurait droit d'intervenir de nouveau dans l'existence des hommes. Ce jour, pour bien des raisons[1], fut établi au 25 décembre…

---

1. Voir *Une seconde avant Noël*, du même auteur, Pocket n° 13196.

Amory Bolton frissonna.

Eliot Doe dit à l'assemblée :

— Vous voyez que la vraie question qui se pose au sujet de Noël n'est pas tant de savoir pourquoi un être doué de magie comme le Père Noël apparaît soudain, une fois l'an, en plein XIXe siècle, mais bien pourquoi la Magie était-elle absente de notre vie quotidienne depuis si longtemps ?

Amory observa les rangs de fronts dégarnis. Pas un ne remuait. Pas un ne parlait.

« Eh bien ? se dit-il. Qu'ont-ils à végéter de la sorte ? N'y a-t-il pas une question évidente à poser tout de suite ? »

Le garçon finit par passer sa tête à travers le trou du dôme et cria :

— Maître Doe ? Quelle est-elle donc cette preuve matérielle censée prouver ce que vous venez de nous raconter ?

La voix aiguë du garçon tomba comme une gifle sur les membres du *Pougheepsie Club*.

— C'est vrai, cela ? Où est-elle ?

— On ne peut recevoir pour argent comptant ce que cet homme vient de nous débiter ?

— Gare, nous avons affaire à un conteur professionnel, ses récits sont sciemment enjôleurs.

— La preuve ?

Eliot Doe sourit. Il fit un signe amical à Amory Bolton et dit :

— Vous avez raison.

Il se gratta de nouveau le front.

— Je ne me souviens plus si je vous ai parlé des trois anges Rê, Râ et Ran ?

Tous répondirent oui dans la salle.

— Vous ai-je rapporté qu'ils avaient scrupuleusement effacé toute trace de magie, même matérielle, de la surface de la Terre ?

Tous répondirent encore Oui dans la salle ; on n'avait plus l'impression d'être au *Pougheepsie Club* mais avec un public d'enfants au spectacle de Guignol.

Eliot sourit :

– Eh bien, je vous ai menti !

Il sortit un collier avec un pendentif de pierre bleue.

– Notre petit ami Silas, le garde-chasse, après son aventure avec l'elfe, avait précieusement conservé le présent qu'il lui avait été fait. Et il le transmit, avec moult précautions, à son fils, qui le passa lui-même au sien, et ainsi de suite, de descendant en descendant, sans que personne, jamais, pas même les trois anges Rê, Râ et Ran, sache son existence… Et le voilà venu jusqu'à moi, qui ai découvert l'histoire véritable de Silas et qui ai remonté scrupuleusement toute sa généalogie jusqu'à nos jours. Je pense ne pas vous surprendre si je vous apprends que sa famille vit toujours dans le Wessex et qu'ils restent de père en fils gardes-chasse sur l'ancien domaine royal saxon !…

Il leva le pendentif.

– Selon les mots mêmes de l'elfe : « C'est une pierre de vérité. À qui la tient dans sa main, nul mystère ne demeurera insoluble. » Je…

Mais Eliot Doe ne put terminer sa phrase. Les membres du *Pougheepsie Club* avaient bondi de leurs sièges en velours bleu pour se précipiter sur l'estrade, saisir le précieux talisman et en mesurer le pouvoir.

« En voilà de la retenue pour des incrédules victoriens ! » se dit Eliot Doe avec un sourire intérieur.

Amory Bolton observa la longue cérémonie qui s'installa : les trois cents membres du club attendirent chacun leur tour pour pouvoir toucher la pierre bleue. Le garçon était ébahi que cette formidable preuve se tienne là, sous ces yeux. Mais comment descendre ? Comment se frayer un chemin parmi les vieillards du club ? Richard Boon-Valker était encore là et veillait ; il ne laisserait jamais le garçon des abreuvoirs fouler le sol du club !

Sitôt qu'ils l'avaient en main, le visage des membres s'illuminait, leurs regards retrouvaient une jeunesse perdue, un sourire béat marquait longuement leur figure. Ensuite de quoi, ils quittaient l'enceinte du 174 bis Swansea Street, dans un état second.

Ils savaient désormais que tous les mots d'Eliot Doe étaient vrais, que le Grand Départ avait bien eu lieu et que, si le conteur s'investissait désormais pour venir parler à des gens comme eux, c'était qu'il souhaitait se les rallier : selon lui, c'était à *eux*, toujours plus nombreux, toujours plus influents dans le monde actuel, de changer la vision des gens sur la magie, car l'heure approchait et, après le Grand Départ, il fallait désormais se préparer au Grand Retour !

Lorsque la procession fut terminée et qu'Eliot Doe put enfin se libérer, Amory bondit de sa cachette pour rejoindre les toits du *Pougheepsie Club* avec la ferme intention de suivre le conteur à la trace et de savoir ce qu'il comptait accomplir désormais.

Depuis les hauteurs du 174 bis Swansea Street, Amory bénéficiait d'une vue plongeante sur tout le quartier de Mayfair. Il contempla en souriant les membres du club qui s'égaillaient et voulaient prendre langue avec tous les passants pour leur faire partager leur découverte.

À la mine étonnée puis renfrognée de ces derniers, Amory se dit que la partie n'était pas encore gagnée.

Mais nulle trace d'Eliot Doe.

Il inspecta avec soin toutes les rues qui convergeaient vers le club, courant sur les toits.

Eliot Doe n'était pas sorti du bâtiment.

Vite, notre ami retourna à l'intérieur, sur son dôme.

Quelle ne fut pas sa surprise d'y trouver le gardien Richard Boon-Valker !

Le géant se tenait près du campement du petit garçon. Il le regarda rentrer des toits d'un air sévère.

— Ne bouge pas, lui dit-il de sa voix de rogomme.

Amory était blanc comme un linge. Il redoutait d'être sévèrement puni pour avoir assisté sans autorisation à une séance exceptionnelle du *Pougheepsie Club*. Et quelle séance !

Intérieurement, il disait déjà adieu à son refuge, adieu à ses abreuvoirs, adieu à ses chevaux qu'il connaissait par leur nom, adieu à cette douce vie sur Colevandish Square.

« Qu'importe, pensa-t-il, cela en valait la chandelle. J'ai vu et entendu Eliot Doe et je sais désormais ce que sont devenus les êtres magiques d'autrefois ! »

Richard Boon-Valker alla ouvrir la petite porte qui donnait accès aux combles.

Amory découvrit alors Eliot Doe flanqué d'un elfe et de deux lutins !

— Bonjour Amory, lui dit le conteur.

Il regarda Richard Boon-Valker :

— Merci à toi.

Amory s'aperçut que le géant possédait un étrange reflet dans le regard. Quoi ? Était-ce un être magique ?

— Tout à fait, répondit Eliot comme s'il lisait dans l'esprit du garçon. Richard Boon-Valker est un ami sélène dissimulé parmi les hommes depuis longtemps et qui nous sert de relais pour trouver des gens acquis à la cause de la magie[1]. Il t'a repéré il y a quelques temps, et nous voilà.

Amory observa l'elfe qui se tenait près d'Eliot. Bien qu'il n'ait fait qu'entendre le récit du conteur sur Silas, il était persuadé de reconnaître l'elfe blessé du bord de la rivière Caïrahan.

C'était lui, en effet.

Eliot s'approcha d'Amory et lui tendit la pierre bleue magique qui avait tant fasciné les membres du *Pougheepsie Club*, le cadeau de Silas conservé secrètement depuis mille ans !

— En dépit des apparences, dit le conteur, sache que je ne suis pas venu ici pour ces écervelés du *Pougheepsie Club* mais pour toi. Eux, en dépit de toutes les preuves qui leur ont été fournies aujourd'hui, cesseront dès demain de croire à ce qu'ils ont entendu. C'est pour l'instant dans l'ordre des choses qu'ils appréhendent et révoquent ce qui les embarrasse.

Interdit, Amory n'osa pas toucher le pendentif. Il dit, en répétant la phrase adressée en son temps à Silas :

— Mais... on n'offre pas *cela* à un humain !

L'elfe et les lutins sourirent.

— À toi, si, décréta Eliot. Sache que tous les habitants de la constellation du Petit Cheval qui attendent avec impatience de pouvoir revenir sur cette terre comptent sur toi.

— Sur moi ?

— Oui. N'en doute pas, il y aura bien un Grand Retour, un jour, et c'est par les diverses aventures de ta vie que s'ordonneront les éléments nécessaires à sa venue !

---

1. Boon-Valker est la forme anglaise pervertie de Moonwalker, le marcheur de Lune, astre sur lequel vivent cachés les Sélénites...

Il sourit :

— Amory Bolton, dans mille ans, comme Silas, on évoquera encore ton nom dans les contes et les légendes !… Et les petits enfants d'alors, qui vivront depuis si longtemps en paix avec les êtres merveilleux revenus auprès des hommes, se demanderont, à l'inverse des enfants d'aujourd'hui, comment les humains ont pu vivre si longtemps *sans eux*, et perdre assez la raison pour avoir douté même de leur existence…

Amory était très ému. Il reçut le pendentif.

— Pourquoi moi ? demanda-t-il.

Eliot hocha gentiment la tête :

— As-tu jamais ressenti le besoin, au cours de mon récit, de te poser la question : « Pourquoi Silas ? » Je ne le crois pas. Dans les vrais contes, mon petit ami, rien n'est jamais gratuit et tout est toujours *offert*…

Richard Boon-Valker acquiesça d'un mouvement du front.

Amory serra la pierre bleue et comprit qu'Eliot Doe avait dit juste. Rien n'est jamais gratuit dans ces récits qui semblent ne reposer que sur du fantasque : ni que Silas soit passé près de l'elfe torturé, ni qu'Eliot Doe ait retrouvé son récit, ni que j'en sois aujourd'hui le récipiendaire passager, ni que vous en soyez les lecteurs (plus ou moins) surpris.

Ce qui doit suivre, n'en doutez pas, est déjà écrit quelque part… Si, un jour d'éclipse, vous apercevez une arche de Noël passer discrètement dans le ciel, ayez une pensée affectueuse pour le gentil garçon des abreuvoirs de Colevandish Square… Vous lui devez plus qu'un moment de lecture…

Les Petites Espérances
de Duane Reilly

Cher lecteur – et donc cher ami – un peu de sérieux : le matin du 13 septembre 1845, un parasite au nom cocasse de « mildiou » pointa le bout de son nez sur le sol d'Irlande. S'y sentant manifestement très à son aise, un mois plus tard, ce *phytophthora infestans* de la famille des *oomycètes* s'était répandu sur l'ensemble du territoire, avait contaminé les cultures de pommes de terre et se rendait, en un temps record, responsable de la plus atroce famine qu'eurent jamais à affronter les habitants de ce pays. Quatre années suffirent pour que la population se vît décimée, avec quatre millions et demi de morts, de réfugiés et d'émigrés.

L'une des paroisses les plus affectées par cette épidémie se trouva être la dénommée Hopefor, située sur la péninsule de Dingle, dans l'ouest de l'Irlande. Ici, nul besoin d'être rompu au calcul mental : nous étions le 6 mai 1847, et sur les trois cents habitants du village recensés en l'an 1844, il n'en restait plus que cent cinquante valides. La moitié avait péri de faim ou du typhus.

Qu'on y songe seulement.

Et l'hécatombe ne montrait aucun signe de fléchissement !

De surcroît, – et c'est en ce triste jour que débute notre histoire – le prêtre de Hopefor annonça à ses paroissiens que Miss Loïs Garnery, propriétaire anglaise du domaine sur lequel était édifié le village, venait d'ordonner que les « survivants » vidassent les lieux afin qu'elle puisse implanter une ferme de pâturage moderne à la place de leurs maisons. En clair, le prêtre et ses fidèles, bien que tous aient récemment enseveli l'un des leurs dans cette terre, étaient expulsés. Une affaire similaire s'était produite l'année précédente à Ballinglass dans le comté de Galway ; l'armée et la police étaient intervenues pour chasser les récalcitrants et détruire leurs habitations.

Le prêtre de Hopefor dissuada les siens de protester et les convia à se préparer à prendre la route.

— Où nous rendre ? lui demandait-on.

— Nous n'avons d'autre choix que de suivre l'exemple de nos frères exilés. Dieu le sait, il ne subsiste plus une parcelle de terre épargnée par le mildiou sur notre île. Puisqu'il faut nous retirer, retirons-nous assez loin pour quitter l'Irlande et recommencer nos vies sous des horizons plus propices.

Et l'horizon le plus propice à l'époque, et le plus proche, c'était Londres.

La population se rangea à l'avis du prêtre et, dès le 1er juin 1874, les cent cinquante villageois abandonnèrent Hopefor, tristes mais pleins d'espoir, se jurant de se soutenir les uns les autres et de rester unis, quelles que soient les circonstances.

Cependant, à peine arrivée à Limerick, cinq jours plus tard, la moitié du convoi changea d'idée et partit rejoindre des parents installés dans les alentours.

Fatiguée et terrifiée par les cadavres entrevus sur les routes, une autre moitié se débina aux environs de Tullamore.

Arrivés à Dublin, ceux qui restaient se scindèrent en deux afin de s'embarquer sur des bateaux de pêcheur qui offraient d'entrer illégalement en Angleterre. L'un d'eux fut intercepté par les douanes britanniques et ses occupants renvoyés sur les côtes irlandaises.

Les rescapés de Liverpool se divisèrent à nouveau : une moitié opta pour un navire en partance pour l'Amérique, l'autre préféra continuer vers Londres.

Parmi ces derniers, la demie s'évanouit entre Liverpool et Birmingham, victime des dénonciations des Anglais qui, ulcérés par cette interminable immigration irlandaise, en appelaient aux autorités sitôt qu'ils reconnaissaient un accent ou un profil suspect.

Enfin, dans les dernières lieues avant Londres, un Irlandais sur deux ayant fui Hopefor s'enrégimenta dans les bandes de brigands qui infestaient les routes.

Tant et si bien que, des cent cinquante habitants du village partis deux mois plus tôt, il n'était plus qu'un seul à entrer dans Londres le 1er août 1847 ; il avait douze ans, il était orphelin et il se nommait Duane Reilly.

Il arriva à l'aube, dans le quartier de Clapham au sud de la Tamise, véhiculé depuis Stamford Hill sur une charrette à bœufs qui conduisait des ouvriers travaillant à la réfection des conduites d'égout. Duane Reilly se retrouvait seul – son ultime compagnon de

Hopefor l'avait abandonné la veille avant d'entrer dans la ville – au milieu d'une rue en chantier, fétide et populeuse, où coulaient des rigoles d'eau croupie, où les gens aboyaient, où les hippomobiles manquaient se renverser en voulant forcer le passage, où la boue, les pelletées de crottin et les piles de détritus encombraient la chaussée, et où un enfant tel que lui, immobile et plutôt calme parce qu'ébahi, paraissait de la dernière incongruité.

Duane Reilly portait un pantalon et une redingote taillés dans le même velours verdâtre, une casquette trop grande mal vissée sur sa tête et de solides brodequins. Il mesurait quatre pieds deux pouces, avait des cheveux cuivrés, des yeux noirs et une peau fragile qui rougissait à la moindre émotion. Il promenait un air angélique qui le rendait sympathique dès le premier abord.

Toute sa famille avait été emportée des suites du mildiou ; sans personne, il fut le premier à s'enthousiasmer pour le projet du prêtre de Hopefor qui appelait à rallier l'Angleterre et Londres.

Aux portes de cette vaste cité, Duane ne possédait sur lui qu'un nom et une adresse inscrits sur un morceau de papier. Celui d'un certain Kellow Flanders, vague ami londonien de ses parents qui avait passé quelques mois sur la péninsule de Dingle et leur écrivait de temps à autre. Sur la foi de ce nom et de cette adresse, le jeune Duane Reilly pensait avoir tout en main pour réussir dans la capitale du Royaume-Uni.

À Clapham, il sollicita son chemin. D'après ses courriers, Kellow Flanders devait habiter sur Carrier Street dans un quartier de Londres qu'il désignait comme la « Terre sainte ». Ce nom chantait aux oreilles du fidèle catholique qu'était Duane. Cependant il fit sourire les personnes à qui l'enfant s'adressa ; seul un ouvrier de la chaussée, irlandais et par conséquent bienfaisant, daigna lui indiquer une parcelle de Londres comprise entre les églises de St Giles et de St George's, ainsi que le pont à franchir sur la Tamise et les rues sans danger pour s'y rendre.

Duane Reilly le remercia chaleureusement puis s'en alla vers la Terre sainte en récitant une comptine gaélique.

À le suivre ainsi des yeux, pénétrant sans réticence au sein du Londres de 1847, vous et moi lui offririons le bon Dieu sans confession et nous aurions raison car, retenez-le, Duane Reilly était un enfant épatant.

À coup sûr, la vie ne l'avait pas épargné mais (peut-être pour faire bon poids ?) la nature l'avait doté d'un tempérament rare et enviable : celui d'envisager toujours dans l'existence, en premier lieu, le bon côté des choses…

Nous connaissons tous de ces esprits chagrins qui voient le mal partout, qui ne peuvent s'empêcher de prophétiser le retour de la pluie alors que le temps est au beau fixe, qui ne savent jamais se réjouir de la réussite des autres, qui assassinent inconnus et amis de leurs plaintes sans percevoir qu'ils parlent souvent à moins bien lotis qu'eux, enfin de ces effrontés pour lesquels, en toutes circonstances, la soupe est trop claire, le vin trop jeune, le gigot trop cuit, Homère trop long et Mozart trop léger.

Eh bien, Duane Reilly était tout leur contraire.

Ainsi de ses premiers pas à Londres : certes la misère et l'injustice ne lui échappèrent pas mais il se plut aussi à voir les jeux innocents des enfants dans les rues (c'étaient pourtant des vauriens de la pire espèce), la belle humanité d'une dame descendue de son cabriolet pour offrir un shilling à un mendiant aveugle (elle était une odieuse marâtre qui humiliait ses beaux-enfants). Il prisa la dévotion d'un policier qui entretenait la paix sur le Strand (un ivrogne qui battait sa femme et insultait Dieu aussi souvent que possible) et la charité d'une revendeuse de clous qui vint en aide à un garçon en larmes (affreux pégriot qui la volerait avant le soir...).

Duane Reilly distribua des sourires à des camelots sans scrupules, des rabatteurs notoires, des voleurs à la tire, des sergots corrompus, des dockers et des matelots qui avaient perdu leur âme au jeu, des nobles qui usurpaient leurs titres et même un prêtre anglican qui avait été autrefois danseur de cabaret.

Il fut toutefois surpris, lorsqu'il eut mis le pied dans ce quartier dénommé la Terre sainte, de s'apercevoir qu'il n'y avait rien ici pour faire référence à un lieu où les sentiments et les chrétiens les meilleurs se rencontreraient. Si ce quartier portait ce titre, c'était tout simplement parce qu'il accueillait la plus puissante concentration de malfrats, d'assassins, de prostituées et de bandes de pillards qui se puisse imaginer, et que pas un policier n'avait le cran de s'y aventurer. Le pire des assassins pouvait y séjourner sans craindre de tomber sur un agent de la force publique.

— Je cherche Carrier Street et un certain Kellow Flanders, demandait Duane Reilly.

Ici, son accent irlandais n'inspirait pas les mêmes sentiments que dans le reste de l'Angleterre. Les gens, d'abord brutes lorsqu'il les abordait, finissaient par se radoucir après avoir accusé une rapide inquiétude.

On lui indiqua une bâtisse sur Carrier Street où le nom de Kellow Flanders n'était pas inconnu.

Duane Reilly découvrit une façade de briques rouges, les murs noircis de suif et maculés par les fientes des oiseaux qui nichaient sous la gouttière. La maison comportait quatre étages et il était à craindre qu'un simple passereau se posant au faîte de l'édifice ne le fasse s'écrouler tout entier.

Le garçon y pénétra.

La salle du bas, c'était tout un théâtre : des lits, des tables, des batteries de cuisine, des piles de linge sale, de la paille noire, des odeurs intolérables, du monde pêle-mêle, des cris, des grognements, des éclats de rire, un chenapan qui se faisait battre par son père, une femme dépoitraillée et à moitié ivre, des chiens faméliques, des chats au crin malade et un rat ou deux qui vaquaient à leurs occupations de rongeur.

Duane se dit que si tant d'individus s'entassaient sous ce toit, à mi-chemin entre la fourmilière et le clapier, la vie devait y être plus agréable qu'elle n'y paraissait.

Il demanda après Kellow Flanders.

Mais personne ne consentit à lui répondre. Notre jeune ami s'expliqua ce manque d'amabilité par l'entêtant parfum de gin chaud qu'exhalaient la plupart des haleines.

— Quelqu'un connaîtrait Mister Flanders ? insista-t-il.

Un garçon, assis dans un coin, mieux habillé et l'air moins hagard que ses voisins, observait Duane Reilly depuis son entrée. Il jouait avec une pièce d'un demi-souverain qu'il faisait voler jusqu'au plafond.

— Qu'est-ce que tu lui veux à Kellow Flanders ?

Duane ôta sa casquette ; la personne qui s'adressait à lui était plus âgée (le garçon avait quatorze ans et déjà une tête de plus que l'Irlandais) et ses habits tape-à-l'œil faisaient impression : un foulard de soie bleu, un gilet rouge galonné, une chemise blanche à tuyau ornée de boutons de nacre, un pantalon à grosses côtes jaune serré aux genoux et pourvu de souspieds, et des bottines pointues cirées.

Duane répondit :

— Mon nom est Reilly et je suis originaire de Hopefor en Irlande. Je viens d'arriver à Londres, sans connaître personne, et n'ai pour tout viatique qu'une recommandation de feu mes parents de me mettre sous l'aile d'un certain Mr Kellow Flanders, habitant Carrier Street. Me serais-je trompé d'adresse ?

Les parents de Duane avaient toujours affirmé que Kellow Flanders était un grand notaire londonien et que sa famille avait du bien.

Le garçon à la pièce de monnaie sourit.

Duane, y voyant un signe encourageant, lui sourit en retour.

Mais ce qui avait provoqué le sourire initial, une fois encore, c'était l'accent irlandais de Duane. Le garçon à l'accoutrement de baladin – un *pickpocket* de première catégorie que nous serons amenés à mieux connaître – était astucieux et d'un esprit plus large que la moyenne. Comme tout le monde, il savait que nombre d'Irlandais avaient échoué à Londres ces derniers mois et qu'ils représentaient déjà, parmi les classes dites « dangereuses », une force imparable. Les poings irlandais faisaient la loi dans le East End. La Terre sainte était pour l'instant épargnée par cette vague d'émigrants mais tous ici se méfiaient de cette nouvelle communauté qui faisait preuve d'une solidarité exemplaire et d'une stupéfiante ténacité à l'heure des combats.

Aussi le garçon à la pièce, toujours prompt à agir lorsqu'il s'agissait de ses intérêts, se dit qu'il ne serait peut-être pas inutile de se mettre un Irlandais dans la poche, et si possible en s'en choisissant un à l'air aussi inoffensif que Duane Reilly.

— Kellow Flanders ne crèche plus ici, lui avoua-t-il. Il s'est fait expulser du garni il y a deux ans.

Duane s'attrista, son bon caractère le faisant plaindre Flanders longtemps avant lui-même :

— Expulsé ? Le malheureux... Mais moi aussi, j'ai été expulsé de mon village, figurez-vous !... Allez, ce n'est pas la fin du monde. Vous n'avez nulle idée où je puis le trouver ces jours-ci ?

Le garçon hocha la tête.

— Même en deux années, il n'a pas dû aller bien loin ! Pour ce faire, il lui eût fallu mettre un pied devant l'autre, ce dont je le crois incapable.

Le garçon se leva.

— Moi, c'est Julian Conduitt.

Ils se serrèrent la main.

— Suis-moi.

Julian guida Duane jusqu'à une cour carrée écrasée entre des maisons aussi délabrées que celle de Carrier Street : c'était la cour à la fosse d'aisances où venaient se soulager tous les occupants de ce pâté d'habitations. Fosse qui côtoyait la pompe à eau où l'on venait aussi se laver.

Les détritus, les immondices, même les carcasses de chiens morts formaient des monticules répugnants au pied des murs. Julian s'arrêta devant l'un d'eux, l'ausculta du regard puis finit par dire :

— Je m'en doutais. Il est là.

Duane s'approcha. Il dut se concentrer, ciller des yeux, observer chaque déchet avant d'isoler enfin parmi cette masse informe le dessin des narines d'un nez d'homme !

— Je te présente Kellow Flanders, dit Julian Conduitt.

Duane ne parvenait pas à croire qu'une personne puisse vivre dans ce tas d'ordures.

— Mais je me figurais que Mr Flanders était notaire et que sa famille était prospère ! protesta-t-il.

— C'est la vérité, répondit son compagnon. Le cabinet des Flanders est l'un des plus considérables de la ville. Seulement Kellow est depuis toujours le mouton noir de cette dynastie de notables. Il a refusé de reprendre l'étude, a préféré voyager et dilapider sa part du patrimoine. Lorsqu'il est rentré à Londres, il était ruiné et ivrogne. Sa famille l'a désavoué. Il a échoué à Carrier Street, avant d'en être expulsé faute de payer son loyer. Voilà Kellow Flanders, je doute qu'il puisse t'être d'un quelconque secours !

Cela en avait tout l'air, mais c'était mal connaître le petit Duane Reilly.

— Pas pour l'instant, dit-il.

— Qu'entends-tu par là ?

— J'entends que, si je souhaite que Kellow Flanders me vienne en aide, comme mes parents l'avaient espéré pour moi, il va me falloir d'abord aider Kellow Flanders !

Julian Conduitt écarquilla les yeux. Voilà bien la première fois qu'il entendait ce type d'argument qui alliait le bon cœur au bon sens.

L'Irlandais fouilla dans le fond de sa poche.

— Dix-huit pence me restent sur mon capital de voyage, je vais les lui remettre pour qu'il retrouve un toit. Dieu sait que je ne peux pas le laisser là !

Julian haussa les épaules :

— Ce Flanders ne sera jamais plus en état de secourir qui que ce soit. Pas même lui. Tu as mieux à faire avec ton argent. Pense d'abord à toi. Lui, oublie-le, il n'est plus bon à rien.

Duane le regarda avec de grands yeux étonnés.

— Pourquoi dites-vous cela ? Il ne faut jamais désespérer d'un frère humain. Flanders a juste besoin d'être remis en selle. Le bon rejaillira en lui comme il peut rejaillir en toute personne.

— Ah ! s'esclaffa Julian. Cela vaut peut-être pour ton pays, mais ici, à Londres, et particulièrement dans la Terre sainte, je peux te garantir que tu n'es pas près de dénicher une seule âme qui vaille que l'on s'arrête dessus.

— Ce que vous dites m'étonne beaucoup, répondit simplement Duane.

Il considéra encore Kellow Flanders et en vint à décréter :

— Je dois trouver un travail, subvenir à mes besoins et, pour un temps, à ceux de Mr Flanders.

— Un métier ? À ton âge… ça peut toujours se trouver…

Nous l'avons dit, Julian Conduitt était un fieffé *pickpocket* dont les dons étaient unanimement vantés par les connaisseurs. Mais ce que nous avons omis de révéler, c'était qu'il était un mauvais garçon et un chef de bande en devenir. Il lui était aisé d'enrôler Duane auprès de ses vauriens et de compter enfin un Irlandais à ses côtés.

— À Londres, reprit-il, il y a deux manières de gagner sa vie : la bonne et la mauvaise. Sache-le tout de suite, la mauvaise, c'est la bonne, et la bonne, c'est la mauvaise.

— Je ne comprends pas.

— En bon anglais : la mauvaise – c'est-à-dire le vol – c'est la meilleure. Et la bonne – c'est-à-dire le vrai commerce – c'est la pire, puisqu'elle conduit toujours à la ruine.

— Oh ! je ne cherche pas mes appétits dans le vol ! maugréa gentiment Duane.

— Qui l'a jamais, cette inclination à se faire malhonnête ? rétorqua Julian. Selon moi, cela naît avec le territoire. Il faut juste se montrer réaliste : ici, tu comptes une chance sur deux de mal finir. M'est avis qu'il vaut toujours mieux aller, sans attendre, au-devant du hasard !

— Comment cela ?

Julian ressortit sa belle pièce de monnaie.

— Jouons. Pile, tu deviens un tire-laine comme moi. Dans l'autre cas, tu accordes une chance à l'honnêteté.

Ce fut face.

Le destin de Duane s'était si vite joué, sur cet unique jeté de pièce, que le garçon n'avait pas eu le temps de voir le danger venir. Quant à Julian, il masqua mal son dépit et se demanda comment, lui pourtant si adroit, il avait pu manquer son coup ?

— Bien, concéda-t-il avec *fair-play*. Suis-moi, je vais tâcher de te dégoter un travail décent.

Ils sortirent dans les rues de la capitale.

— Que sais-tu faire ? demanda Julian. Saurer des harengs, ouvrir des coquillages, rafraîchir l'aspect des vieux légumes, dissimuler des anguilles mortes sur un étalage de produits frais, débattre des prix, rouler des braconniers dans la farine ? Sache qu'à Londres, on ne peut s'en tirer que dans le commerce de la nourriture, le seul qui ne requiert pas de licence officielle pour être exercé sur la voie publique.

Conduitt amena d'abord Duane à la halle aux poissons de Billingsgate où les nantis se procuraient leur saumon en gelée à vingt shillings et les pauvres, leur pinte de bigorneaux à un penny ; ensuite, au nord de la cathédrale Saint-Paul, il lui fit découvrir un abattoir souterrain ouvert à ras de terre : un trou maculé de sang et de boyaux en putréfaction dans lequel les moutons étaient précipités pour qu'ils se rompent les pattes et se laissent écorcher vifs.

Devant tant d'horreurs, le petit manqua défaillir.

Julian le porta alors à Covent Garden pour inspecter les étalages de fruits et légumes et à New Cut, dans le quartier de Lambeth, où Duane découvrit un marché moderne éclairé de nuit !

Partout, Julian lui expliquait les us et coutumes de l'endroit, indiquant qui avait la cote et qui ne l'avait pas et comment se faire engager.

— Tu peux aussi, lui dit-il, te joindre aux marchands ambulants, si tu as de bonnes jambes, la voix qui porte et la force de manœuvrer une baladeuse des quatre saisons.

Comme métier honnête, Julian lui offrit de ramasser pour les tanneurs les crottes de chien dans la rue ou de collecter les os d'animaux morts pour les réduire en poussière à l'aide d'un moulin à main.

— Je te déconseille toutefois le ramonage. Les cheminées s'écroulent souvent ou les habitants n'éteignent pas leur feu à temps, si bien que le jeune ramoneur s'engouffre et cuit comme un rôti.

Duane Reilly, interloqué par ce tableau sinistre de la condition du travailleur pauvre à Londres, finit par accepter un poste auprès d'un vendeur de choux qui faisait commerce au cul de sa voiture à bras.

Lorsqu'ils revinrent en Terre sainte à la fin de la journée, Duane et Julian allèrent trouver Miss Carrotty Morlock, une grosse rousse, avare, chicaneuse, méchante, pie-grièche et brutale qui possédait l'immonde gourbi de Carrier Street. Duane réussit à louer un lit pour deux pence la nuit et parvint même à faire réintégrer Kellow Flanders dans le garni en se portant caution, avec obligation de payer trois nuits d'avance !

Flanders, toujours ivre mort, fut tiré hors de la cour de la fosse d'aisances. Duane l'installa de son mieux, sacrifiant pour lui la meilleure part du lit et s'occupant de le nourrir et de le laver.

Julian Conduitt et les autres occupants du garni le regardaient avec stupéfaction.

— Kellow Flanders te décevra, l'avertissait-on. Tous les ivrognes sont des ingrats…

Mais l'Irlandais refusait de les croire.

Les jours suivants, il retroussa ses manches pour honorer au mieux son nouveau métier à New Cut ; levé longtemps avant le soleil, travaillant jusqu'à deux heures de l'après-midi, il profitait du reste de la journée pour découvrir le Londres des menus plaisirs : les saltimbanques des rues, les orchestres de musique ambulants tenus par des Allemands, les forains et leurs manèges logés non loin de la prison de Newgate.

Songez comme Duane était loin du mildiou et des horribles charniers d'Irlande.

Kellow Flanders se remettait. Il n'avait aucun souvenir de son passage à Dingle, encore moins de la famille de Duane Reilly, mais il paraissait très sensible aux efforts que l'enfant accomplissait à son égard pour qu'il se reprenne en main.

Un instant, on crut que Duane avait eu raison de se donner du mal, et puis un soir, ayant déniché une bouteille de gin, Flanders fut pris d'un accès de violence, salit son petit bienfaiteur d'injures, l'accabla de coups, s'empara de ses économies et disparut en jurant, Dieu sait pourquoi, qu'il lui garderait un chien de sa chienne.

— Tu aurais dû m'écouter, déplora Julian Conduitt.

— Non, je n'aurais pas dû. C'eût été renoncer à sauver quelqu'un de bien. Je sais moi que les gens conservent tous un bon fond !…

— Naïf, ouvre les yeux ! Pas ici ! Nulle part en Terre sainte !

Duane fronça ses petits sourcils et fit une moue colérique :

— Si telle est ta pensée, j'accepte de relever le pari ! s'écria-t-il. Avant trois jours, j'aurai trouvé ici quelqu'un doté d'un cœur digne d'admiration. Parole de Duane Reilly !

Julian Conduitt sourit :

— Pari tenu.

Ils échangèrent une poignée de mains.

Julian ajouta :

— Tu m'amuses, Duane Reilly. ça, tu ne manques pas d'espérances !... Dénicher quelqu'un de juste dans cette ville monstrueuse, que le monde nomme, à bon droit, la « Nouvelle Babylone » ? Ah ! j'ai hâte d'assister à cet exploit !

Duane Reilly crut d'emblée détenir la clef de sa victoire en la personne de Mr Ploun, son employeur vendeur de choux. Le bonhomme montrait tous les dehors d'un être de bien, jusqu'à ce que l'enfant mesure à quel point il volait ses clients, haïssait ses concurrents, outrageait les autorités, blasphémait et élevait l'avarice et l'usure au rang d'arts majeurs.

Déçu, mais pas vaincu, Duane s'intéressa à un certain Mr Dodgers, membre éminent du Comité pour l'éradication de la mendicité qui se rendait journellement en Terre sainte. Le garçon estima que cet homme qui se sacrifiait pour les plus démunis ne pouvait être qu'un modèle de vertu. Las, il découvrit que si Dodgers fréquentait assidûment le quartier c'était qu'il entretenait une liaison coupable avec la fille d'un cloutier de Carrier Street. En réalité, cet homme marié se souciait comme d'une guigne des nécessiteux, et seuls les appointements du Comité chatouillaient sa veine charitable.

— Cela n'est vraiment pas très correct, commenta intérieurement le petit Irlandais.

Après trois jours, Julian Conduitt revint vers Duane Reilly.

— Alors ? Où est-il, ton nouveau saint Martin ?

Une expression de déconvenue assombrissait le visage de Duane.

— Le temps m'a manqué, expliqua-t-il.

Julian sourit :

— Le temps ne fait rien à l'affaire, l'ami, uses-en autant qu'il te plaira, mais trouve-moi une bonne âme, si cela se peut !

Les jours, les semaines, les mois passèrent et la quête de Duane n'aboutissait pas. Autour de lui, tout n'était que mensonge, tricherie, vol, hypocrisie, trahison, parjure, ladrerie, envie, sordidité, coups bas, fric-frac, violence et cupidité. Les personnages de la société les plus appelés à donner le bon exemple se révélèrent les individus les pires : le prêtre qui prêchait dans les taudis avait le jeu dans la peau et monnayait ses sacrements pour étancher ses dettes. Le médecin ne guérissait plus guère, mais précipitait le décès de ses patients car il pouvait tirer de leurs dépouilles un bon prix auprès des écoles d'anatomie. Miss Monmouth détournait les fonds de son orphelinat pour se faire bâtir un manoir dans le Wessex.

En dépit de cela, Duane refusait de perdre espoir ; chaque nuit il priait le Seigneur de placer sur sa route une personne honnête afin qu'il puisse la faire connaître à Julian Conduitt et justifier sa confiance en l'homme.

Après un an à Londres, Duane Reilly se trouva une place chez les forains du Newgate; il devint l'heureux caissier d'un manège à limonaire.

Il apprit la mort de Kellow Flanders; ce dernier s'était pendu à un lampadaire en face de la luxueuse *mansion* de sa famille sur Hanover Park. Duane fut le seul à suivre son enterrement.

Après l'hiver 1852, il découvrit, comme bien des enfants, l'apparition de Noël et de ses cadeaux magiques. Un instant, il crut que ces actes de bonté allaient dessiller les yeux du monde et qu'on cesserait enfin de se vouloir du mal. Las, le lendemain de la première distribution de cadeaux du Père Noël, il vit partout des enfants qui se jalousaient, se dérobaient leurs jouets, se battaient et même des parents qui s'en emparaient pour aller les vendre ou les troquer à leur profit.

À dix-huit ans, Duane découvrit l'amour en la jeune personne d'Emily. Ce sentiment neuf lui donna le courage de poursuivre sa quête.

— Si deux êtres peuvent s'aimer comme nous nous aimons, avec autant de joie aveugle, alors rien n'est perdu.

Emily lui donna une fille baptisée Fanny… puis elle abandonna le foyer familial sans prévenir, folle amourachée d'un ingénieur des chemins de fer !

Le soir, Duane, le cœur brisé, continuait de prier le Seigneur et d'espérer.

— Je suis persuadé que même dans le Londres le plus noir, il doit subsister des petites lumières, des îlots de bonté, des gens simples et gentils qui s'attachent à ne jamais commettre de méchanceté.

S'il restait pauvre et solitaire dans un monde de brutes, ce n'était pas le cas de son ami Julian Conduitt. L'ancien garçon au gilet rouge était désormais le plus redouté des chefs de bande de la Terre sainte. Duane suivait, circonspect, le récit de ses « exploits » : une maison dévalisée de fond en comble dans le West End, le fils cadet du lord-maire kidnappé et rendu contre une forte rançon, et puis des règlements de compte sanglants entre bandes rivales.

Lorsqu'il leur arrivait de se croiser, invariablement, Julian souriait et s'écriait :

— Alors, Duane, le pari tient toujours ?

Plus l'Irlandais vieillissait et plus il pensait que la bonté qu'il recherchait partout était à trouver plutôt chez les enfants que chez les adultes.

Mais sa fille Fanny se chargea de le détromper. Jamais il n'avait rencontré caractère plus froid et tracassier ! Lorsqu'à dix ans elle réclama le droit de quitter le toit de ce « père sinistre » pour aller vivre avec ses grands-parents maternels, Duane Reilly s'en voulut de s'en féliciter.

À trente-cinq ans, célibataire, toujours caissier du même manège à limonaire de la foire du Newgate, Duane continuait de se porter au secours des nécessiteux et de souffrir leur ingratitude, il continuait de croire ses amis des gens qui profitaient de sa candeur, et il continuait, comme toujours, puisque telle était sa nature, d'envisager toujours dans l'existence, en premier lieu, le bon côté des choses…

Son seul véritable ami était Julian Conduitt, pourtant si différent de lui à tous les égards. Le brigand venait quelquefois le voir chez lui, et il passait du temps à ne rien dire, juste à profiter de la présence de Duane.

— Cela me repose, lui disait-il, et me change tellement du monde qui est le mien…

Un matin, on vint avertir Duane que Julian avait été mortellement blessé au cours d'une rixe dans le

East End et qu'il désirait le voir au plus vite, avant son trépas.

Très ému, Duane se précipita au chevet de son plus vieux compagnon.

Julian demanda à rester seul avec lui. Le chef de bande était pâle et parlait avec difficulté.

Comme toujours, il tenait dans sa paume droite le demi-souverain avec lequel il jouait le jour de leur rencontre, et cela amusa Duane en dépit de la tristesse que lui inspirait son état.

— Tu sais, Duane, dit Julian, il ne faut jamais, *jamais* parier avec un personnage comme moi !... Hé !... Parce que je triche toujours !...

Duane sourit :

— Tu n'as nullement eu besoin de tricher cette fois, mon ami. Notre pari, tu l'as remporté à la loyale. Après toutes ces années, il me faut admettre que tu avais raison : il n'y a pas d'âme en Terre sainte qui vaille le cas que l'on s'arrête dessus.

Julian secoua la tête et dit :

— Bah ! je sais bien que j'ai gagné mon pari ! Sache que je l'avais remporté le jour même où nous l'avons lancé entre nous. Je savais déjà, t'observant du haut de tes douze ans, que se tenait sous mes yeux la seule vraie âme de bonté qui puisse se rencontrer par ici. Tu vois, le temps ne m'a pas détrompé, tu n'as jamais renoncé à tes convictions, tu ne t'es jamais compromis. Comprends-moi, cette petite « lumière » que tu cherchais partout dans Londres pour me la faire découvrir, c'était *toi* ! Ah ! tu ne risquais pas de la trouver, Duane Reilly... J'avais triché...

À bout de souffle, Julian Conduitt fit néanmoins une dernière confidence à son ami.

— C'est important.

Il lui avoua où était dissimulée son immense fortune accumulée après toutes ces décennies de mauvaises actions à la tête de ses hommes.

— Personne d'autre que toi ne le sait maintenant, dit-il. Empare-toi de cet argent, et fais-en le meilleur usage. Qu'il ne te répugne point surtout ; cette fortune, je ne l'ai jamais dérobée qu'à des voleurs de la *gentry*. C'est le moins qu'il aille désormais à de bonnes œuvres. Pour cela, je n'ai confiance qu'en Duane Reilly…

Et Julian Conduitt expira sur le nom de son cher ami d'enfance, celui qu'il n'avait jamais réussi à corrompre. Son corps se raidit, sa main droite se figea et la pièce de monnaie roula sur le plancher.

Duane regarda.

Ce fut face.

L'honnêteté rencontrait encore une nouvelle chance.

Duane Reilly entra en possession de l'or de Julian Conduitt. Personne ne s'en doutait, alors même que tous les brigands de la Terre sainte essayaient de découvrir ce que le magot du chef était devenu !

Duane se jura bien de ne pas garder un penny pour son compte personnel.

Il obéit au vœu de son ami et ouvrit une petite association d'aide aux orphelins, s'étant convaincu qu'en définitive, il fallait mieux se faire connaître et laisser les « bonnes âmes » venir à lui, plutôt que de les chercher stérilement dans la nature.

L'Irlandais connut alors le mouvement proprement inverse de son lointain voyage d'exil du petit village de Hopefor.

Il commença tout seul dans sa boutique.

Puis ils furent deux.

Puis quatre.

Puis huit.

Puis seize…

L'argent de Conduitt, la bonté et le zèle de Reilly firent des miracles : des hôpitaux furent construits, des orphelinats rénovés et réformés, des écoles ouvertes aux enfants démunis.

Le nombre des bonnes gens qui venaient se joindre à ce vaste projet ne cessait de doubler.

Tant et si bien que lorsqu'il mourut, âgé de quatre-vingts ans, entouré de sa douce seconde épouse, de leurs cinq enfants et de leurs huit petits-enfants, Duane Reilly était le président d'honneur d'une agence caritative qui comptait plus de mille délégués répartis dans l'Empire britannique, et il portait un nom que tous les orphelins et tous les petits malades remerciaient et aimaient.

Duane Reilly et Julian Conduitt avaient tous deux remporté leur pari.

Et vous m'en voyez ravi !…

Noël à Coldbath Fields

Permettez que j'emprunte ici, en guise d'hommage, quelques paragraphes à M.Charles Nodier, homme de lettres et admirable conteur, à qui je dois tant de ma passion de jeunesse pour la lecture.

« L'hiver sera long et triste. L'aspect de la nature n'est pas joyeux. Celui du monde social ne l'est guère. Vous craignez l'ennui des spectacles. Vous craignez l'ennui des concerts. Vous craignez surtout l'ennui des salons. C'est le cas de faire chez vous un grand feu, bien clair, bien vif et bien pétillant, de baisser un peu les lampes devenues presque inutiles. Ces dispositions prises, je vous engage à raconter ou bien à écouter des histoires, au milieu de votre famille ou de vos amis, car je n'ai pas supposé que vous fussiez seul. Si vous l'êtes cependant, racontez-vous des histoires à vous seul. C'est un autre plaisir encore, et il a bien son prix. J'ai goûté un peu de tout, et je ne me suis jamais réellement amusé d'autre chose.

« Mais si vous êtes curieux d'histoires fantastiques, je vous préviens que ce genre exige plus de bon sens et d'art qu'on ne l'imagine ordinairement ; et d'abord, il y a plusieurs espèces d'histoires fantastiques.

« Il y a l'histoire fantastique *fausse*, dont le charme résulte de la double crédulité du conteur et de l'auditoire. Il y a l'histoire fantastique *vague*, qui laisse l'âme suspendue dans un doute rêveur et mélancolique. Il y a l'histoire fantastique *vraie*, qui est la première de toutes, parce qu'elle ébranle profondément le cœur sans sacrifier à la raison.

« Celle-ci est rare, à la vérité, si rare, si rare que je ne me rappelle aujourd'hui d'autre exemple que l'histoire de… »

Barnabas Witham.

(Pardon, je reprends la main.)

Qui était Barnabas Witham ?

Les registres du village de Porth dans la vallée de Rhondda, au sud du pays de Galles, s'accordent avec moi pour prétendre qu'il naquit le 7 avril 1834, fils unique de Bastian et Margery Witham.

Son père, Bastian Witham, comme son père à lui, et le père de son père, et le père de ce père, excellait dans le braconnage du gibier à plume, possédant mieux que personne les terres des deux vallées de Rhondda.

Lorsque son seul enfant Barnabas eût fêté ses huit ans, il l'impliqua avec fierté dans le gagne-pain familial.

Seulement le jeune garçon, qui était vif et entreprenant, comprit bien assez tôt ce que son père refusait obstinément de voir : le monde changeait. Le Sud gallois où ils vivaient n'était plus cette verte contrée célébrée dans les chants anciens et Rhondda était devenu un site industriel où l'on puisait du charbon en abondance et que l'on maillait d'un réseau de plus en plus dense de lignes de chemin de fer. Les animaux fuyaient les mines, les points d'eau giboyeux se raréfiaient, victimes de la pollution, et l'honnête braconnier, aussi doué soit-il, se retrouverait bientôt Gros-Jean comme devant avec ses collets flottants et ses bassets engraissés faute d'exercice.

Barnabas s'ouvrit de ses craintes à ses parents, arguant que leur avenir se situait dans les villes ; il n'essuya que dénégations et remontrances, son père l'accusant même de vouloir renier les racines de sa famille et d'insulter leurs aïeux.

– Que ferons-nous lorsque bécasses et perdrix auront déserté le pays de Galles ? demandait le fils.

– Depuis six mille ans que Dieu a fait le monde, il s'est toujours trouvé du gibier dans la vallée de Rhondda, répondait le père. C'est le Ciel qui les fait naître pour nourrir les hommes, et rien ne saurait aller contre les choix de la divinité !

Arguments cornus.

Barnabas prenait de l'âge, grandissait vite, il apprit à soigner les animaux avec la compétence d'un vieux rebouteux, il tomba amoureux de la jeune Linette qui lui promettait son cœur mais ne partageait pas ses ambitions et son idéal urbain.

Ce qui devait arriver arriva : à quinze ans, Barnabas monta sur la charrette d'un jeune ami négociant en ustensiles de cuisine et ils partirent ensemble droit pour Londres, avec le désir partagé de donner tort aux frilosités du monde qu'ils laissaient derrière eux.

Un an plus tard, tous deux étaient déjà positionnés dans la capitale de l'empire britannique : l'ami voyait son avenir auprès d'un riche détaillant de Covent Garden qui avait une fille à marier et Barnabas s'était acquis la flatteuse réputation d'être le plus chevronné des « testeurs de bétail ». Avant toute vente d'animaux, il vérifiait la qualité du produit et se portait garant de la justesse du prix. Son honnêteté, son équité et sa droiture en imposaient même aux plus retors des marchands.

À dix-neuf ans, Barnabas Witham avait suffisamment épargné pour louer une maison et y faire venir, de Rhondda, ses parents et Linette. La réunion fut émouvante, on pleura beaucoup, le fils demanda pardon, les parents pardonnèrent, ou plutôt reconnurent leurs torts, Linette accepta le mariage et la vie reprit heureuse pour tous ; plus heureuse que jamais.

À vingt-cinq ans, Linette et lui étaient les parents ravis de trois enfants en pleine santé et toute la famille logeait désormais non loin de Clapham, dans une demeure encore modeste mais spacieuse.

Outre qu'il était toujours vif et entreprenant, Barnabas possédait les deux qualités indispensables à un homme de valeur : celle de l'esprit qui le rendait honnête et celle du cœur qui le faisait généreux. Dans les quartiers miséreux, on commençait de l'appeler Mister Witham.

Le 9 mars 1858, après deux années de longs plaidoyers et de requêtes soumis à la fonction publique pour pouvoir ouvrir son propre marché aux bêtes, Barnabas Witham se vit remettre la précieuse licence signée par le lord-maire David Wire, des mains de Mr Alistair Campbell, responsable des entreprises commerciales de Londres.

— Barnabas Witham, lui dit ce dernier, comptez sur toute notre sympathie. Vous êtes droit, l'exemple que vous répandez autour de vous est le bon. Soyez assuré de notre plein soutien.

En vérité, quel parcours depuis les collets de Rhondda et les perdrix vendues au bord de la route !

Lorsque Barnabas sortit de la *Mansion House*[1] avec sa licence, il marcha d'un pas léger afin de rejoindre la station de son omnibus. Il passa devant le fonds d'un boulanger sur Cannon Street et l'idée le prit d'acheter trois pains dorés pour ses enfants. Près de Fenchmark Street, il aperçut chez un étalagiste un panier d'osier neuf qu'il acquit pour ravir sa femme. À sa mère, il destina une belle balle de coton teintée de rose et à son père, un foulard soyeux rouge à gros pois noirs. Il trouva ce dernier si seyant, qu'il s'en offrit un par la même occasion, se plaisant à s'imaginer déambuler dans son propre marché aux bêtes avec son vieux père, tous deux attifés du même accessoire coquet.

Pas de doute, c'était une grande date pour Barnabas Witham que ce 9 mars 1858 et il voulait voir toute sa famille se réjouir avec lui.

Pourtant, trois jours plus tard, au tribunal de Huntington, le marteau du juge Dudley Finnley percuterait son reposoir et la voix du magistrat s'élèverait pour dire :

– Barnabas Witham, quinze ans de réclusion à Coldbath Fields !

Comment le pauvre homme allait-il en arriver là ?

Après avoir fait ses emplettes au sortir de la *Mansion House*, Barnabas voulut rejoindre l'omnibus qui le ramènerait chez lui, seulement sur le chemin de la station, un énorme échafaudage s'était effondré et les ouvriers peinaient à libérer le passage.

– Qu'à cela ne tienne, se dit-il, prenons par Filder Street.

---

1. Résidence officielle du lord-maire de Londres.

Mais là, un garçon avait été renversé sous une voiture et les agents de la force publique étaient assaillis par une foule de « témoins » qui rejetaient la faute soit sur le cocher soit sur l'enfant imprudent.

Barnabas rebroussa chemin et prit par Canyon Street.

Que pensez-vous qu'il arriva cette fois ?

Un affrontement à couteaux tirés entre deux bandes d'Anglais et d'Irlandais ! Les commerçants fermaient leur boutique, les riverains se claquemuraient, les badauds vidaient les lieux par crainte d'un mauvais coup.

Barnabas Witham n'eut pas d'autre choix que de tenter un nouveau parcours.

Sur Mulberry Street, il fut arrêté par un départ de feu dans un immeuble aux conduites de gaz défectueuses. Impossible de passer.

— Quelle déveine ! se dit-il.

En rejoignant Stirling Street, il pensait s'en être sorti. Toutefois un jeune homme des plus pressés qui courait en sens contraire de sa marche le bouscula et le front de notre ami vint percuter une sortie de poutre sur la façade d'une maison. Il resta un long moment sonné.

Quelques mètres plus loin, dans la même rue, le corps d'une femme qui s'était défenestrée gisait sur la chaussée. Barnabas se signa, se disant qu'il rencontrait un nombre bien trop important de mauvais présages en voulant rejoindre son omnibus !...

« Comment imaginer que l'on puisse tomber sur un échafaudage effondré, un accident de la circulation, un incendie au gaz, une bagarre, une poutre mal placée et un suicide dans une même journée ? »

Lorsqu'il se trouva sur un trottoir de Cavendish Square, Barnabas aperçut devant lui une grosse flaque boueuse qui semblait l'attendre.

— Ah non ! pensa-t-il en s'arrêtant à temps, c'est assez.

Et il changea de trottoir.

Il arriva devant l'auguste entrée du *Baltimore Club* d'où sortaient, au même moment, un vieil homme richement vêtu, encadré de deux personnages en veston noir.

Le vieillard s'arrêta soudain et pâlit lorsqu'il aperçut, dépassant de la poche de Barnabas, un bout des foulards rouges à pois noirs achetés précédemment.

— Lui ! s'écria-t-il.

Barnabas fut aussitôt ceinturé par les deux hommes et entouré de quatre agents de police surgis en trombe du *Baltimore Club*.

Et voilà que notre ami apprit que lord Poulbel ici présent avait été violemment attaqué quelques minutes plus tôt par une bande de quatre voyous connue des services de police sous le nom des « quatre cache-nez » et qui s'en prenaient fréquemment aux nobles et aux bourgeois dans les rues des quartiers huppés.

Barnabas Witham possédait deux foulards identiques à ceux des criminels qui s'en étaient pris au malheureux lord Poulbel !

— Décidément, pour une suite de malchances !

Il se savait victime d'une méprise et pensait s'en sortir rapidement. Mais les éléments se liguèrent contre lui.

Lors de l'attaque, le vieux lord Poulbel avait réussi à asséner un coup de canne sur le front de l'un de ses assaillants. On compara la forme contondante de la tête de canard qui coiffait le bâton du lord et la plaie que Barnabas portait sur le haut du visage depuis sa rencontre avec la poutre. L'une et l'autre correspondaient.

Il se vit incarcéré au dépôt sans délai.

Deux jours plus tard, grâce à l'influence du puissant lord Poulbel, le procès était instruit.

L'avocat de Barnabas argua du fait que son client, hormis les deux malheureux foulards, ne portait rien sur lui des habits décrits par la victime et les témoins de l'attaque devant le *Baltimore Club*.

Il lui fut rétorqué, d'une voix unanime, et sans plus de démonstrations, que si les voyous étaient quatre, ils pouvaient aussi bien être cinq.

Pareille logique fut chaleureusement applaudie par la foule spectatrice du procès.

Quant à l'étalagiste de Fenchmark Street auprès duquel l'accusé Witham disait avoir acquis ses foulards quelques minutes avant sa rencontre avec lord Poulbel, il était introuvable dans tout Londres.

Naturellement on prit son refus obstiné de nommer ses complices (et pour cause !) pour une preuve supplémentaire du Mal qui l'habitait et dont il fallait, toute affaire cessante, protéger la société.

— Barnabas Witham, dit le juge Finnley, quinze ans de réclusion à Coldbath Fields !

Le soir même, – s'il vous plaît, veuillez rendre hommage à la formidable prestesse de la justice de cette époque – il couchait à la prison de Coldbath Fields, dite la « Bastille », située dans le quartier de Clerkenwell à Londres.

Barnabas ne comprenait pas comment il s'était retrouvé dans une telle situation !

L'injustice qui le frappait le faisait souffrir autant que les coups répétés des gardiens, l'inquiétude qui le tenaillait à la pensée de ses enfants, de sa douce Linette et de ses vieux parents surpassait sa peur des autres détenus qui faisaient régner entre eux un abominable manque d'humanité. Enfin les travaux forcés de Coldbath Fields eurent raison de sa force de caractère.

Barnabas n'eut plus foi ni espoir en personne : le « diable » avait trop bien médité sa perte !

« Si l'échafaudage n'était pas tombé, si l'enfant ou le cocher avait fait plus attention, si la bagarre s'était tenue autre part, si l'incendie n'avait pas pris à ce moment, si je n'étais pas resté quelques minutes sonné sous la poutre, si je n'avais pas changé de trottoir devant la flaque d'eau… »

Il ne cessait de revivre douloureusement cette tragique après-midi où tout s'était si bien mobilisé pour le conduire derrière les barreaux, lui, l'honnête Barnabas Witham !

Rien ne pouvait plus le sauver.

Il avait perdu tout espoir…

Lorsqu'à son huitième mois de détention, au début de décembre 1858, des rumeurs se firent dans la prison au sujet du prochain réveillon de Noël (sixième Noël après l'an 1852 qui vit la première apparition du Père Noël), Barnabas fut de ceux qui ne voulaient pas en entendre parler. Ce Père Noël qui faisait tant la joie de ses trois enfants, Barnabas n'y croyait plus, pas plus qu'il ne croyait encore en la Justice, en la reine Victoria, en Charles Dickens, en Jésus-Christ ou en Dieu le Père.

Néanmoins, dans la nuit du 6 décembre, à la Saint-Nicolas, il fit un drôle de rêve : le Père Noël lui apparut à l'étage des cellules, debout près de la table des surveillants, sanglé dans son costume singulier rouge et blanc.

— Bonsoir, Barnabas.

— Que se passe-t-il ? Comment savez-vous mon nom ?

— Disons que j'en sais assez pour te plaindre, mon ami. Tu as beaucoup souffert. Mais je m'inquiète surtout de te voir perdre courage aussi rapidement. Allons, Barnabas, tu n'as donc plus d'espoir en rien ?

Barnabas se braqua et lança :

— En rien ! Bien fou celui qui nourrit encore des espérances dans ce monde. Voyez ce qui m'est arrivé ! Quant à vous, je sais que je divague au milieu d'un rêve et que vous n'êtes qu'une illusion qui se sera évanouie sitôt mon réveil. D'ailleurs nous sommes le 6 décembre et non le 25 où vous avez pris l'habitude de faire parler de vous.

— Oh, ne confonds pas, cette nuit je récolte seulement les lettres des enfants…

Le vieil homme sourit :

— Mais tu as raison, en effet, les illusions !…

Il haussa les épaules d'un air de bonhomie :

— Il est amusant de constater, alors que les hommes fournissent tant d'efforts pour rester les maîtres de leur destin, combien de simples détails, impossibles à voir, déjouent toujours leurs plans…

Il déplaça de quelques centimètres un petit tabouret à côté de lui.

— … certains y voient des illusions, comme tu dis, d'autres la main cachée du destin. Va savoir, Barnabas Witham !

Sur ce, il disparut.

Et le rêve s'acheva.

Mais que se passa-t-il par la suite ?

Cher lecteur, je te renvoie, un court instant, à une phrase énoncée par notre ami Charles Nodier en ouverture de ce conte : « Si vous êtes curieux d'histoires fantastiques, je vous préviens que ce genre exige plus de bon sens et d'art qu'on ne l'imagine ordinairement ».

Ce 6 décembre, à l'étage où était incarcéré Barnabas Witham, l'un des surveillants de nuit se leva de table et, sans pouvoir l'éviter, se heurta douloureusement le tibia contre un tabouret !

– Ah ! Que fait-il là, celui-là ?

Sous la surprise et la douleur il perdit l'équilibre et son coude vint percuter une cruche d'eau posée en bord de fenêtre ; cette dernière, mal fermée, s'ouvrit, et la cruche s'écrasa deux étages plus bas dans la cour.

– Oh ! Pas d'chance, se dit le gardien de prison.

Une heure plus tard, un jeune commissionnaire de Coldbath Fields, envoyé de toute urgence dans Londres, fit un vol plané sur le verglas formé par l'eau de la cruche et se brisa les dents et une cheville.

– Pas d'chance, se dit le commissionnaire.

Au 19, Cannon Street, se tenaient les bureaux du juge Dudley Finnley. Le magistrat attendait un pli de Coldbath Fields. Il enrageait : il était presque vingt-deux heures et voilà qu'il devait consacrer toute sa soirée à un dossier urgent alors qu'il souhaitait se rendre chez les Brucolli qui donnaient en ce moment la réception la plus courue de cette fin d'année.

Aussi, ne voyant pas venir à temps les éléments qu'il avait réclamés auprès de l'administration pénitentiaire, il passa outre, revêtit le beau manteau qu'il s'était offert pour briller en société et fit appeler son fiacre.

Arrivé devant le palais des Brucolli, sa sensibilité fut heurtée par un couple de nobles qui se faisait une scène en public ; la dame était une Parisienne qui avait épousé un cousin de la famille royale, aussi aucune de ses frasques ne choquait, attendu que la malheureuse était française.

Le juge Dudley Finnley haussa les épaules puis entra dans le palais par la grande porte tambour importée du Nouveau Continent par les Brucolli. Seulement le pauvre homme accrocha un pan de son manteau et l'un de ses beaux boutons de nacre fut arraché du vêtement et disparut.

— Ah, voilà ce qui s'appelle ne pas avoir de chance, se dit-il.

Dans le grand salon, toute l'assistance n'avait d'yeux que pour Miss Turmoil ; on grillait d'échanger un mot en sa compagnie ou seulement de se faire voir par elle, même de loin.

Mais voilà soudain que Miss Turmoil se retint de pousser un cri.

— Mon Dieu, vingt-deux heures passées ! dit-elle. Où avais-je donc la tête ? Elle va attendre, ciel, elle va m'attendre ! Je dois partir.

Elle fila, laissant en plan des dizaines d'interlocuteurs frustrés.

Lorsqu'elle s'engouffra dans la porte tambour, le bouton de nacre du juge Dudley Finnley tombé quelques minutes plus tôt se prit dans le mouvement du battant, le bloqua, et la pauvre Miss Turmoil s'écrasa lamentablement le nez contre le vitrage.

— Quelle malchance ! s'écrièrent les témoins.

On débloqua le passage, ensuite rien n'arrêta plus la tempétueuse Miss Turmoil, pas même ce nez qu'elle avait désormais aussi épais et rouge qu'un ivrogne des rives de la Tamise.

Sa voiture la conduisit à Buckingham Palace.

Là, Miss Turmoil fut introduite dans le cabinet privé de la reine Victoria. Cette dernière, en monarque avisé, mais surtout en femme qui aime être tenue au courant des derniers ragots, avait dépêché sa meilleure amie à la réception des Brucolli afin de savoir par son truchement qui était présent, qui n'avait pas été invité, ce qui se disait, ce qui se murmurait, etc.

Lorsqu'elle aperçut le nez enluminé de sa chère Miss Turmoil, la reine la plus puissante du monde éclata de rire (ce qu'elle ne s'autorisait jamais en public, là où l'histoire était rapportée pour les historiens et les historiens pour les générations futures). Elle fit toutefois appeler en urgence son médecin personnel, le docteur Balmour.

Ce dernier résidait à Pinecrest Street, à une lieue du palais. On le tira de son lit, car sans connaître les motifs de cette convocation de la reine en pleine nuit, on décréta que c'était grave et urgent, aussi le brave homme se jeta-t-il à peine vêtu dans sa voiture et celle-ci fut-elle lancée à toute vitesse vers le palais et arrêtée juste sous les fenêtres des appartements de la famille royale.

La voiture resta avec le cocher dans l'attente du retour du docteur : seulement un petit buste en marbre de la reine Caroline, épouse de feu le roi George IV vola soudain à travers une fenêtre du deuxième étage de la façade et vint se briser sur la portière de la voiture du docteur, détruisant cette fenêtre-ci aussi.

« Ah ! C'est pas d'chance », se dit le cocher.

Des insultes s'échappaient du deuxième étage : ce n'était que le cousin de la reine et sa Française qui poursuivaient à la maison la scène de ménage démarrée chez les Brucolli. La Parisienne n'avait pas hésité à se saisir d'une statuette au profil royal pour assommer son mari.

Lorsque le docteur Balmour fut autorisé à rentrer chez lui, après s'être assuré que le nez de la meilleure amie de Son Altesse retrouverait sa taille et son coloris naturels, il déplora l'atteinte qui avait été faite à sa voiture et dut reprendre la route sans fenêtre.

Conséquemment, le lendemain matin, il s'éveilla avec de la fièvre et une gorge souffrante.

Comme il était médecin, il écrivit sa propre médication à base d'herbes et de rhum et envoya sa fille cadette chez Arlington, le grand apothicaire londonien auprès duquel il se fournissait pour ses clients prestigieux.

La jeune et jolie Laura Balmour se précipita pour ramener au plus vite le remède qui guérirait le coup de froid de son père.

Elle se rendit sur Melrose Street et entra dans la pharmacie. Mr Arlington était présent et s'empressa de lire l'ordonnance de son ami Balmour.

— Nous allons préparer cela sans délai !

Seulement Mr Arlington s'aperçut qu'il était à court d'une herbe exotique requise dans la panacée.

— Ne vous inquiétez pas, Miss Balmour, dit-il, j'envoie sur-le-champ mon meilleur assistant s'en procurer chez l'un de nos confrères. George !

Mais George n'était pas là.

— Simon !

Simon était en course.

— Lawrence !

Pas arrivé.

— Steven !

Parti trois jours pour ses noces.

Mr Arlington se vit contraint d'aller chercher l'un des jeunes étudiants qui travaillaient dans ses laboratoires sous la pharmacie.

— Matthew !

Ah ! Matthew était là.

Le jeune homme se présenta dans la pharmacie. C'était la première fois qu'on le tirait hors de sa cave. Ce qu'il aperçut aussitôt, dans la belle lumière du jour, fut le visage gracieux et enjôleur de Miss Laura Balmour.

De son côté, cette dernière rosit en apercevant le séduisant jeune homme.

Jamais coup de foudre amoureux, dans un conte de Noël, ne porta si bien son nom.

— Eh là, vous m'écoutez, Matthew ? Allez, allez, ne perdez pas un instant !

Et Matthew de courir dans les rues de Londres.

Seulement, enamouré qu'il était, il avait l'esprit occupé de tout sauf de l'herbe qui lui avait été demandée. Son cœur bondissait, non en raison de sa course à pied, mais pour Laura Balmour. Il se disait qu'il lui faudrait trouver à lui parler à son retour, qu'il accomplisse un geste mûrement réfléchi afin de s'imprimer durablement dans la mémoire de la jeune fille.

« Ne l'ai-je pas surprise en train de rosir lorsqu'elle m'a vu ? »

Léger, heureux, il n'avait pas l'impression de courir, mais de voler !

Cette impression s'accentua brutalement pour lui lorsque, la tête dans les nuages, cherchant à se remémorer si Laura avait les yeux bleus ou verts, il ne put éviter un trou dans la chaussée en travaux et chuta de trois mètres de haut !

Le pauvre Matthew resta un moment seul, sonné, sur un tas de remblais. Ce fut alors qu'il entendit des voix résonner derrière une paroi. Ses sens mis en alerte, il finit par comprendre ce qui se disait !

Lorsqu'il fut tiré de son trou par les ouvriers de la voirie, il aperçut un agent de police non loin et lui conta ce qu'il avait cru entendre.

Moins d'une heure plus tard, la terrible bande des « quatre cache-nez » était arrêtée par les forces de l'ordre qui avaient enfin levé leur repaire !

Cette nouvelle à sensation occupa la une de tous les journaux pendant plusieurs jours. La justice était satisfaite de mettre un terme aux agissements de ces malfaiteurs qui s'en prenaient toujours aux nobles et aux bourgeois, ayant suscité une telle psychose que certains n'osaient plus sortir de chez eux.

Trois mois plus tard étaient célébrées les heureuses fiançailles de Mr Matthew Wickfield et Miss Laura Balmour.

Une réception fut organisée chez Mr Arlington. À cette occasion, le beau-frère sans fortune de Mr Arlington, un certain Joseph Penny revint à Londres de sa lointaine campagne où il s'était retiré depuis un certain temps. Lorsqu'il apprit les hauts faits du jeune Matthew qui avaient conduit à la capture de la bande des « quatre cache-nez », il lui dit :

– C'est amusant, vous savez, ces voyous portaient exactement les mêmes foulards que je vendais lorsque j'avais encore mon étalage à Londres.

Matthew sursauta. Depuis les arrestations, il avait décortiqué tous les articles de presse qui traitaient de l'affaire des « quatre cache-nez » et n'avait pas oublié ces quelques lignes évoquant un cinquième comparse arrêté des mois plus tôt et condamné lourdement en dépit de ses dénégations. Il se souvenait du rôle des foulards rouges et de la disparition du mystérieux vendeur de Fenchmark Street qui pouvait accréditer la thèse de son innocence !

Peu de temps après, le juge Dudley Finnley, celui-là même qui avait condamné Barnabas Witham à quinze ans d'emprisonnement, le fit élargir et lui rendit sa liberté, confondu en excuses au nom de la justice britannique.

Le vendeur Joseph Penny s'était souvenu devant lui d'avoir vendu à la même personne, ce jour fatidique, un panier d'osier neuf, une balle de coton rose et deux foulards à pois !

Alors pourquoi avait-il disparu ?

Hélas, sa pauvre fille cadette avait mis fin à ses jours et, brisé par la douleur, Joseph Penny avait tout abandonné pour retourner vivre à la campagne.

Barnabas Witham comprit alors qu'il s'agissait du même suicide que celui dont il avait été le témoin involontaire sur Stirling Street et que le garçon qui l'avait renversé peu avant, dans la même rue, le projetant contre une poutre, n'était autre que le fils de Joseph Penny, parti en trombe avertir son père de la tragédie !

Vaincu par tant de rencontres concomitantes, le malheureux Barnabas renonça à embrasser tous les tenants et les aboutissants de ses mésaventures. Sitôt qu'il revit sa femme et ses enfants, le goût de la vie lui revint comme par miracle ; Barnabas fut de nouveau l'homme vif et entreprenant que l'on connaissait.

Un détail toutefois retint son attention.

Dès son retour de Coldbath Fields, ses trois enfants lui avouèrent qu'ils « savaient » que leur père reviendrait car, pour la Noël précédente, tous avaient demandé au Père Noël, comme unique récompense de leur bonne conduite, que leur cher papa leur soit rendu.

Allons… N'avait-il pas fait un rêve à ce sujet ?…

Dans ce rêve, le Père Noël avait traité avec lui de choses et d'autres, des illusions, il avait déplacé un tabouret de quelques centimètres puis s'en était allé…

Les années passant, Barnabas Witham créa et consolida sa fortune avec son marché de bêtes, évolua avec succès dans le monde de la banque, puis engagea toutes ses forces dans une œuvre caritative qui venait en aide aux petits jeunes anglais de la campagne qui, comme lui en son temps, s'aventuraient à Londres pour soutenir leurs familles démunies.

Barnabas Witham devint un homme riche et respecté, honoré par la reine Victoria en personne, reçu chez les Brucolli et ami proche de Miss Turmoil.

Au soir de sa vie, lorsque de jeunes ambitieux prêts à se lancer dans l'existence venaient lui quémander un conseil, il répondait invariablement, après avoir exagérément pris son temps pour susciter le sérieux chez ses auditeurs :

— Il faut croire à Noël, mes enfants…

Puisque l'auteur de ce conte a cru bon de devoir ouvrir son récit en donnant la parole à Charles Nodier, laissons à ce dernier le mot de la fin, tiré de son *Histoire d'Hélène Gillet* :

« À une histoire vraie, le mérite du conteur est sans doute peu de chose. »

Ah, ça !…

La Fessée du Père Noël

« Ça, comme miracle de Noël, ça se pose là… »

Un Tableau signé
Jacques Laurent

Il était une fois, dans un village perdu du nord de l'Allemagne, entre Brême et Hamelin, un vieil homme seul qui se présenta aux premiers jours de l'automne 1853. Il élut résidence dans ce cadre modeste et calme, loin des tracas du monde, prétendant vouloir y goûter le soir de sa vie.

Bien que son visage arborât cet air familier et affable que partagent tous les gens bons et bienveillants, personne ne le connaissait, ni ne se souvenait de l'avoir rencontré dans la région par le passé ; pourtant il possédait les us et coutumes du petit bourg, parlait la langue du cru avec un accent irréprochable, connaissait le nom de chacun, et même de certains aïeux, et savait sur le bout des doigts les histoires de la paroisse de Berdengen.

Saint Nicolas – car c'est de lui qu'il s'agissait –, comme bien des saints issus du calendrier, délaissait de temps à autre sa gloire surnaturelle afin de s'en aller occuper, pour des périodes plus ou moins longues, la vie des mortels pécheurs, *incognito* (aussi, comme l'affirment les Sages, ne se méfie-t-on jamais assez de certaines gens que l'on rencontre et dont on ignore la véritable nature… Gare !)

Ici, saint Nicolas, soucieux de préserver son anonymat, se présenta sous le nom mystérieux de Manfred Manfredo et s'interdisit de produire le moindre miracle qui puisse mettre la puce à l'oreille de ses nouveaux voisins. Il acquit à Berdengen un établi d'artisan et se mit à rempailler des chaises pour le compte des marchands ambulants et du diocèse.

Il était si doux et si agréable, tellement apprécié des petits enfants, qu'il fut adopté sans mal par l'ensemble des habitants.

Saint Nicolas était apparu au village en 1853, il faudra attendre près de sept ans, le 30 septembre 1860, pour que l'auteur de ce conte trouve quelque chose d'important à rapporter à son égard, hormis sa belle longanimité, sa patience sans limite et sa débonnaireté légendaire.

Ce jour-là, saint Nicolas triait sous son toit quelques faisceaux d'osier en vue de la confection d'un moïse pour une future jeune maman.

Des cris s'élevèrent au-dehors et le tirèrent de sa concentration prolongée :

« Rentrez ! Rentrez vite les enfants ! » entendait-on.

Un inconnu arrivait au village.

Tout chez cet homme était fait pour inspirer des cris : il mesurait plus de deux mètres de haut, vêtu de la tête aux pieds de fourrures et de peaux de bêtes, le visage noir, les cheveux hirsutes et gras, l'œil jaune injecté de sang. En lui, c'est bien simple, rien ne semblait vouloir respecter des proportions raisonnables : sa barbe noire, à elle seule, était plus grande qu'un enfant de cinq ans !

Dans la hotte de chiffonnier à bretelles qu'il portait sur le dos, on apercevait distinctement des bâtons, des martinets et des fouets.

À son apparition, quelques enfants s'enfuirent en criant, d'autres restèrent pétrifiés de peur, alors l'homme serra le poing dans leur direction et s'écria d'une voix de buveur d'eau-de-vie :

— Filez ou je vous tanne les fesses, bande de sacripants !

En la circonstance, l'âge des villageois n'importait plus, hommes et femmes déguerpissaient aussi vite que leur progéniture.

D'un pas franc et assuré, le bonhomme alla à la masure de saint Nicolas et entra sans daigner frapper.

Le lecteur l'aura reconnu, cet homme n'était autre que le Père Fouettard, sinistre personnage qui, depuis le milieu du XVIe siècle, accompagnait saint Nicolas dans sa tournée de distribution de jouets au profit des enfants sages; lui avait pour mission de tancer les garnements qui avaient démérité par leur mauvaise conduite.

Le Père Fouettard se campa du haut de ses deux mètres devant un saint Nicolas qui, passée la surprise du surgissement, souriait d'un air aimable.

— Eh bien donc, fulmina le géant, m'expliquerez-vous ce que vous faites caché dans ce trou perdu, saint Nicolas ?

Fouettard nourrissait d'excellentes raisons de laisser éclater sa colère : cela faisait huit ans que saint Nicolas avait « passé la main », le plongeant, lui, dans un révoltant chômage technique.

— Qui est ce Père Noël qui vous a remplacé tout à trac ? fit Fouettard.

En effet, un nouveau personnage magique, inspiré du folklore de saint Nicolas, était en train de se faire connaître des enfants du monde entier comme le distributeur des cadeaux de la Noël.

L'évoquant, Fouettard s'enhardit d'autant :

— On dit qu'il vit dans le Grand Nord en compagnie d'une légion de lutins qui feraient fonctionner une fabrique à jouets, qu'il voyage dans les airs grâce à des rennes volants, et même qu'il vous ressemble ! Pis encore : il m'aurait volé mon accessoire de la hotte pour y ranger ses jouets !

— C'est exact, répondit saint Nicolas d'une voix douce. Disons que je suis aujourd'hui « à la retraite » et que j'en profite pour me reposer un peu dans cet agréable village.

— Ah bien, très bien ! pesta Fouettard en mettant ses mains sur ses hanches. Et moi alors ? Qui m'a remplacé ?

Nicolas hocha la tête :

— Je n'en ai pas la moindre idée.

Fouettard poussa un cri :

— C'est bien ce que je craignais : voilà des siècles et des siècles que je m'emploie, de mon mieux, à réussir la mission qui m'a été attribuée, personne que moi n'a su si magistralement fesser un enfant, jouer du martinet, faire siffler un fouet sur des petites têtes blondes, personne n'a tiré plus de larmes d'un chenapan endurci que moi mais, qu'importe mes mérites, on ne prévient pas Fouettard, que Fouettard se débrouille, que Fouettard s'en aille au diable !

Il s'approcha, la voix dure mais légèrement vibrante d'émotion :

— Comment voulez-vous que j'assure dignement mon boulot, dès lors que je ne sais rien de la ronde aux cadeaux du Père Noël ? J'ignore jusqu'à sa véritable identité.

Nicolas hocha de nouveau la tête :

— Je pense qu'il te faut rencontrer le Père Noël et éclaircir cela avec lui.

— La belle affaire ! Je le cherche partout depuis huit ans et ne le trouve nulle part.

— Je connais un petit garçon nommé Harold Gui qui est très proche du Père Noël, c'est à lui que tu dois t'adresser, Fouettard[1].

— Où le trouverai-je ?

— Retourne donc dans le pays de Bitche au château de Berwartstein. À ce que j'ai appris, je suis certain que vous vous croiserez là-bas…

Bien que Fouettard eût la peau de couleur noire, il montra toutes les expressions de visage d'un homme qui pâlit :

— Berwartstein ? Je… je n'y suis jamais retourné… depuis… enfin…

Il était de notoriété publique que (tout comme saint Nicolas avec les bons enfants) le Père Fouettard avait la capacité de retrouver tous les vilains sujets dans les moindres coins de la terre, sauf dans le wasgau, à l'est du pays de Bitche, sur les terres du domaine de Berwartstein, où, pour une raison mystérieuse, il refusait de mettre les pieds. Le mot fut vite transmis dans le sous-monde des garnements et, depuis des générations, toute une communauté de jeunes gredins avait pris ses quartiers sous le

1. Sur tout ce qui vient d'être dit, voir *Une seconde avant Noël*, du même auteur, Pocket n° 13196.

château de Berwartstein... Une sorte de village cocasse occupé seulement par des enfants. Mais ceux de la pire engeance qui savaient pouvoir s'y ébattre en toute impunité !

Seulement cette fois, Fouettard, bravant l'énigmatique interdit, pénétra dans le wasgau, suivant le conseil de saint Nicolas.

Ce fut une révolution : des dizaines et des dizaines d'enfants prirent peur, fuirent ou tentèrent de l'assommer en lui jetant leurs godillots à la tête.

« Que peut bien faire ici un enfant qui se dit un ami proche du Père Noël ? » s'étonna Fouettard.

Saint Nicolas avait eu raison.

(Au vrai, on n'en attendait pas moins de lui.)

En cheminant parmi les collines boisées, Fouettard tomba sur un jeune garçon de huit ans, plutôt petit pour son âge, le cheveu blond coupé court, de grands yeux noirs et le nez retroussé. Étonnamment, à l'encontre de tous ses semblables, l'enfant n'eut pas peur en voyant la terrible silhouette approcher devant lui.

— Eh bien donc, tu ne t'enfuis pas ? interrogea Fouettard. Veux-tu que je te botte les fesses ?

— Mon nom est Harold Gui, dit le garçon. J'ai compris que nous avions à parler ?

Fouettard sursauta et enchaîna aussitôt :

— Ah ! Et pas qu'un peu ! Veux-tu bien faire savoir, et dans les plus brefs délais, à ton ami le Père Noël, que Fouettard se trouve dans tous ses états !

Harold Gui sourit et dit seulement :

— À ce que je sais, le Père Noël ne connaît pas de Père Fouettard.

Tant d'insolence laissa le géant coi. Il s'offusqua de plus belle :

— Comment cela, il ne me connaît pas ? Tout le monde connaît Fouettard !

Mais Harold secoua la tête. Il insistait :

– Non. En revanche, il connaît bien un certain Hans von Trotha.

– Plaît-il ?

La réaction du père Fouettard au seul nom de Hans von Trotha fut la suivante : il tomba sur son arrière-train et se mit à pleurer comme un garçonnet.

Avec le temps, tout le monde ou presque a oublié le souvenir du chevalier légendaire Hans von Trotha. On a oublié qu'il était né le 19 mai 1447, orphelin de père. On a oublié qu'il fut un enfant détestable, haïssant mère, frères et sœurs, capable de faire endurer des supplices sans nom à de petits animaux, comme à ses proches amis. Privé d'autorité paternelle, on a oublié que le petit Hans grandit sans jamais recevoir la moindre punition pour ses mauvais agissements. On a oublié que cette graine de la pire espèce produisit un homme de la pire espèce.

Jeune écuyer, Hans entra au service des comtes du Palatinat rhénan et se fit remarquer par son absence flagrante de scrupules, sa capacité à nuire et sa volonté farouche de satisfaire tous ses caprices. En 1480, le Prince Électeur voulut tirer profit de sa brutalité (et le récompenser sans doute de certaines « manœuvres » dont l'Histoire n'a pas voulu se souvenir) et lui offrit comme fief héréditaire le château de Berwartstein et ses dépendances. Dès son arrivée sur ses nouvelles terres, Hans von Trotha laissa libre cours à sa mauvaise nature.

Alors l'abbé du cloître de Wissembourg, horrifié par ses agissements, vint le voir et fit ce que personne jamais n'avait osé faire depuis que Hans avait poussé son premier cri : il le gourmanda ! Au nom de Dieu, il lui dit ses quatre vérités et n'hésita pas à prétendre qu'une bonne correction lui ferait le plus grand bien !

Quelle fut la réaction de Hans von Trotha selon vous ?

Ma foi, il opta pour la chose la plus simple qui soit, la première à laquelle nous aurions pensé vous et moi, il observa sur une carte où se trouvait le cloître de Wissembourg, s'aperçut qu'il se situait en contrebas de son château, fit construire un barrage afin de retenir les eaux de la rivière Wieslauter qui, seules, approvisionnaient le bourg de Wissembourg et poussa au désespoir hommes, femmes et enfants, car ils n'avaient pas de point d'eau à moins de douze lieues de leur village.

L'abbé du cloître voulut d'abord résister, en appela au Pape, mais finit par venir s'excuser auprès du chevalier, le suppliant d'épargner ses fidèles. Hans von Trotha fit alors amende honorable, à la grande surprise de l'abbé, et ordonna que l'on rompe le barrage. L'eau accumulée depuis des semaines se déversa comme un déluge et ravagea Wissembourg, tuant tous ses habitants.

Tel était Hans von Trotha.

Il subit alors la malédiction de l'abbé, qui avait assisté depuis le château, hébété, à la destruction complète de sa paroisse.

Malédiction que le chevalier ne prit nullement au sérieux. Il préféra jeter l'abbé dans un puits.

Cependant quelques jours après, il se sentit pousser une bien étrange pilosité. Sa barbe croissait plus vite qu'il ne la rasait ! Et sa peau s'assombrissait, jusqu'à devenir complètement noire ! Tout le monde eut peur de sa nouvelle apparence, il perdit tous ses appuis et il lui fallut fuir et se terrer au loin pour ne pas être massacré comme une manifestation du démon.

Enfin, après des jours et des jours d'errance, l'esprit de l'abbé lui apparut dans une forêt :

— Ce qui t'a manqué, Hans von Trotha, c'est une bonne fessée lorsque tu étais petit ! Ah ! Que la distinction du bien et du mal te soit entrée dans la tête par l'arrière-train et nous aurions moins souffert par ta faute !

L'esprit de l'abbé s'agrandit énormément, pour atteindre la taille d'une façade d'église et sa voix prit des accents de tempête :

— Aussi, à partir de maintenant, c'est toi qui iras punir les mauvais enfants, qui iras leur faire comprendre que le mal commis ne saurait rester impuni ! Tu vas distribuer toutes ces fessées qui t'ont manqué autrefois ! Il te revient que le monde ne connaisse plus jamais de Hans von Trotha !

Ce dernier ne tarda pas à être rebaptisé le Fouettard par les enfants de tous les pays et il eut l'heur de rencontrer saint Nicolas au moment où lui-même endossait son nouveau rôle de père protecteur et ami des plus faibles…

Harold Gui était la première personne depuis trois siècles qui évoquait devant Fouettard le nom de Hans von Trotha !

— Eh bien quoi, alors ? demanda-t-il à l'enfant, le visage couvert de larmes. Le Père Noël me déteste, c'est cela ? Allez, tu peux me le dire, Harold, je sais bien quel vilain personnage je fais…

Harold s'approcha et s'assit près du géant.

— Non, ce n'est pas cela, dit-il d'un ton amical.

— Quoi alors ?

Harold Gui reprit :

— Si tout le monde a oublié que le père Fouettard fut en son temps un certain chevalier Hans von Trotha, il y a quelque chose d'encore plus étonnant : depuis que le Père Noël est apparu il y a quelques années, personne ne se demande quelle vie a été la sienne avant de devenir ce personnage magique, quel enfant il a été ?

Fouettard s'essuya les yeux :

— Eh bien ? En quoi cela me concerne-t-il ?

— Au premier chef. Il faut savoir que s'il y a aujourd'hui un Père Noël pour s'occuper des enfants sages, c'est qu'il y a eu un jour, avant cela, un petit garçon qui commit bien des bêtises, un orphelin qui n'en faisait qu'à sa tête et qui s'est fait corriger un soir de Noël et a juré de ne plus jamais recommencer !…

Fouettard sourit en essuyant ses larmes avec ses grosses pognes.

— Quoi ? Tu veux dire, qu'en son temps, j'ai fessé le Père Noël ?

Harold acquiesça.

— Et il te remercie. Sans toi il ne serait jamais là où il est aujourd'hui… Peut-être aurait-il rejoint cette communauté du pays de Bitche. Et alors, adieu Noël…

— Mais alors si le Père Noël m'aime bien, si j'ai participé sans le savoir à son avènement, que doit-il m'arriver maintenant ?

La malédiction de l'abbé de Wissembourg fut enfin levée. Le père Fouettard devint le gentil vieil Hans, assistant émérite du Père Noël dans le Grand Nord et bien-aimé des enfants puisque l'on disait que c'était lui qui ajoutait quelquefois des sucreries dans les boîtes de cadeaux et qui avait toujours un mot gentil pour les vilains garnements afin qu'ils comprennent vite qu'ils devaient réformer leur conduite…

Amis lecteurs, sachez que *tout* dans le folklore de Noël est exact et véridique, et je suis là pour en faire le compte précis et circonstancié ; en revanche si jamais vos enfants et vous croisiez un jour un père Fouettard dans la rue, surtout ne craignez rien, croyez-moi, ce ne peut être qu'un véritable faux !…

Joyeux Noël !

TABLE DES MATIÈRES

Impression réalisée par

CPI
Brodard & Taupin

54952 – La Flèche (Sarthe), le 21-10-2009
Dépôt légal : novembre 2009

POCKET – 12, avenue d'Italie - 75627 Paris cedex 13

Imprimé en France